凝煉知識 品味閱讀

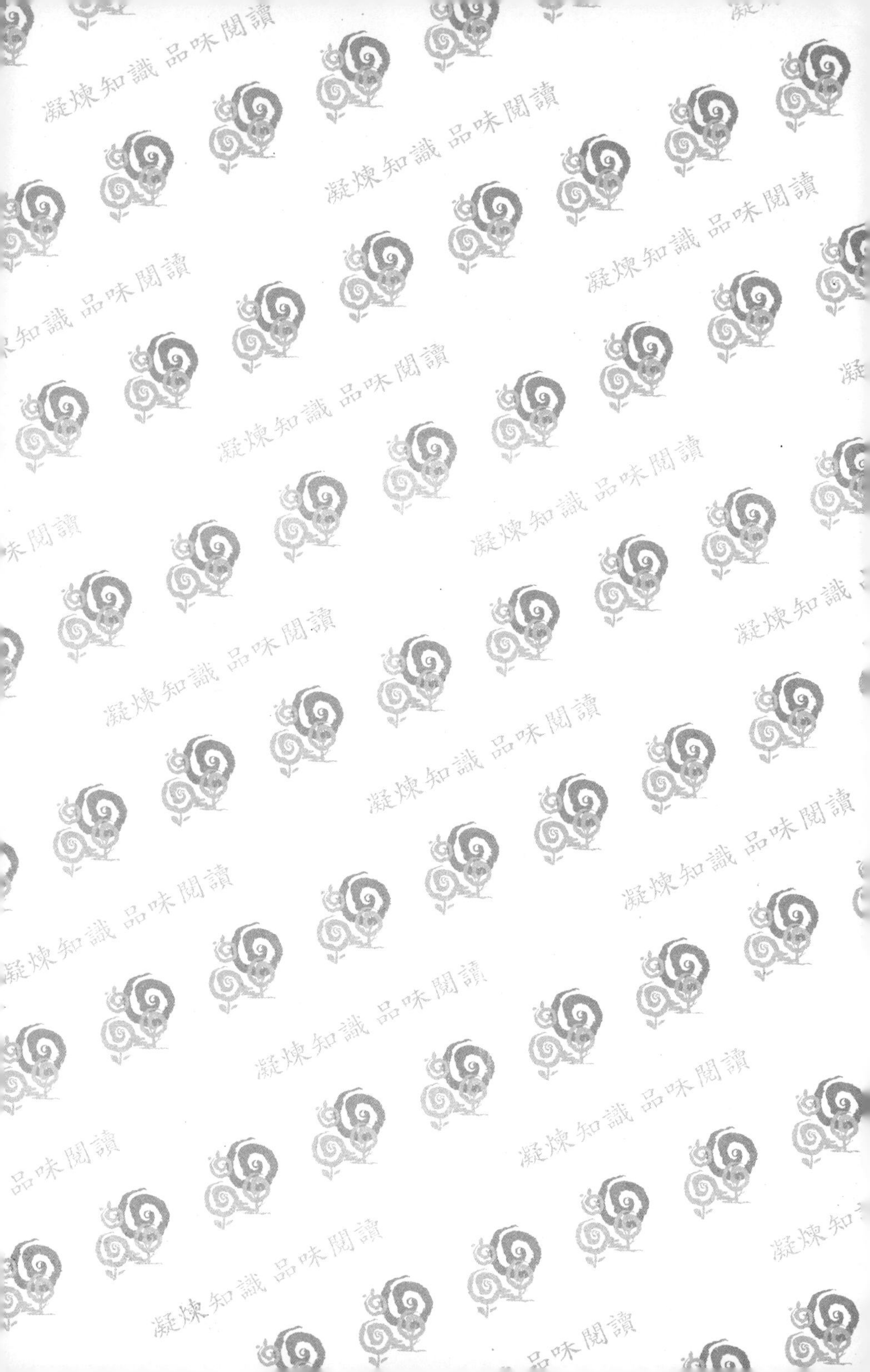

深度報導

周慶祥 著

五南圖書出版公司 印行

「如果新聞報導是幅素描畫，那麼深度報導就是經過仔細雕琢過並加以著色的油畫。」

新聞記者責任，不只是在報導表面事實，最重要是，必須以敏銳的觀察力，進一步探討與詮釋新聞，藉以呈現新聞事件背後的社會意義，而新聞意義的呈現就需要「深度報導」的訓練。《深度報導》一書的寫作構想是基於對新聞本質能有更深層的體認。

深度報導在美國的產生與發展都是處於社會轉型的關鍵時期，都是在社會階層的加速變化與社會結構不斷調整下，所進行反映社會現象的一種報導型式，此一報導方式豐富了美國報紙、廣播與電視等媒體的報導內容。

深度報導是一種系統而深入反映社會重大新聞事件，闡明事件因果關係，揭示或探索新聞事件發展趨勢的一種報導方式。美國專欄作家Roscoe Drummond 認為，深度報導是「以今日的事情，核對昨日的背景，揭示明日意義」的一種報導，此一觀點為深度報導指出了一條報導路徑。

本書是臺灣第一本專門討論「深度報導」的書，本書是結合了筆者在媒體二十多年的採訪寫作經驗，以及在學校從事深度報導課程的教學經驗而整理出本書的內容，第一章主要在為「深度報導」進行定義的探討，第二章探討深度報導選題的思考策略，第三、四章則在說明深度報導如何去蒐集背景資料，以及如何進行採訪，第五章則在說明深度報導的寫作方式，不同的媒體因媒體屬性不同而有不同的寫作方式，第六章則在介紹深度報導較常用的幾種文本報導方式，第七章則專門討論廣電媒體如何去製作深度報導內容，第八章則進一步說明深度報導論文的報導形式，以及如何進行深度報導論文的寫作。

有感於學校新聞科系學生在新聞思考上普遍缺乏深度思考能力與訓練，而新聞媒體業從業人員在市場經濟的壓力下，報導內容只注重娛樂八卦，缺乏對新聞議題的深度報導，基於使命感而促使筆者決定出版《深度報導》一書，期盼本書的出版能為有志於新聞工作者提供一條有益於社會的報導路徑。

周慶祥　98.1.1

目錄

第 1 章

深度報導概論

深度報導在新聞學的思潮中已成為新聞史中的一項重要思潮，並成為新聞學中一個重要的概念。但是，對於深度報導的定義，就如同「新聞」的定義一樣，至今仍深深的困擾著新聞從業者，究竟深度報導的特性如何？它與調查性報導、解釋性報導、新新聞學報導、精確性報導有何差異？它是從哪裡來？未來又要往哪裡去？這些基本的問題，在進行深度報導的採訪與寫作之前，有必要加以說明和釐清。

第一節　深度報導定義

在世界新聞史上，深度報導的理念距今已有大半世紀，但提到深度報導的定義卻是一個令人困擾的難題，因為，對於深度報導的定義，學界與實務界各有其不同的理解與堅持，至今仍難有統一的定義。

「深度報導」的英文是in-depth reports。在英美，深度報導也稱「大標題報導」，在法國則稱為大報導。它的雛形發端於第一次世界大戰的解釋性新聞。在第二次世界大戰之後，報紙為了與廣播、電視新聞競爭，在原本解釋性新聞基礎上加以擴展，從而形成現代意義的「深度報導」，同時亦有人主張根據英文字義，應譯為「深入報導」會更合適（程世壽，1991：9）。

國內傳播學者彭家發先生在其《特寫寫作》一書中寫到，印刷媒體，尤其是報紙，除了圖片漫畫、廣告或「工商服務稿」之外，一般內容，大致可以分為純新聞、特寫（稿）與評論文字三類（彭家發，1986：序1）。而深度報導則是特寫的其中一種類型。

壹、融合背景、人情味、解釋性的深度報導

有人認為，深度報導是「在思想上有深度的新聞價值」；也有人認為，「深度報導是更深、更詳盡的報導」；也有人認為，「深度報導是一種解釋性的報導」「是一種與動態新聞相對立的靜態軟性新聞」。

美國專欄作家朱蒙德（Roscoe Drummond）說：「深度報導就是使昨日的新聞背景與今天的事件發生關聯，以獲得明天的意義」，簡單的說，它是「純淨報導」的延伸，它是將新聞

六大要素中的五W與一H的內涵加以延伸擴大。

國內學者彭家發教授在《特寫寫作》中提到，高普魯引用《聖路易郵訊報》總編輯葛萊里的說法，闡釋深度報導的意義為：

1.給予讀者新聞事實的完整背景。

2.寫出新聞事實和報導新聞發生時，周遭情況的意義所在，以及由此等意義所顯示的新聞最可能的演變。

3.進一步分析上述兩點所獲得的資料。

因此，高普魯認為深度報導，事實上已將「背景性報導」、「人情味報導」與「解釋性報導」三種相關的新聞寫作手法融合在一起。

高普魯的觀點認為「深度報導必須先研究資料，或訪問學者專家以做準備，務求做到完整、有深度，主要問題不能懸而不答，有趣和重要的邊角不能不予以發掘，背景、分析和解釋應不可缺」。

貳、五W與一H的深度報導

亦有人擴大對純淨新聞五W一H的報導內容，做為深度報導的定義，例如：

1.人物（who）

一般新聞著作在當事人，深度報導則應有直接與間接的關係人，包括競爭者的意見與第三者的意見。

2.時間（when）

一般新聞著作發生新聞的當時，深度報導則涵蓋過去與揣測未來的事件發展或結果。

3.事件（what）

一般新聞著重本事件的新聞內容，而深度報導則加入本新聞的特點與細節，甚至有時涵蓋本事件相關的其他內容。

4.地點（when）

一般新聞以「發生地」為主，但深度報導將「現場」新聞延伸到其他點。

5.原因（why）

一般新聞都不太強調原因，只報導新聞發生的情況，但深度報導則把新聞發生的原因列為報導的重點，深度報導的內容不只要強調近因，還要查明遠因、旁因，以及具有意義的原因。

6.過程（how）

一般新聞只簡單敘述事情發生的經過，但深度報導則要報導事情的詳細經過，甚至是從現在怎麼樣擴展到將來怎麼樣、應該怎麼樣。

學界對於深度報導從「新聞文本」面向用以和一般新聞報導作區別，並作為深度報導的解釋。例如美國頗具影響力的「現代新聞採訪寫作」就將深度報導定義為「解釋性報導」、「預測性報導」。此一看法獲得不少人的認同。

不過，有些學者從新聞報導的層次來解釋深度報導，例如大陸杜駿飛（2000）在《深度報導寫作》中指出：「深度報導是新聞執著於深刻性的一種寫作旨趣。」

陳作平在《新聞報導新思路》一書中指出，「深度報導沒有固定的格式，也不應受篇幅長短的限制，只要能深層反映新聞事實真相，任何的訊息、特寫、評論、調查報告都可以寫成深度報導，只要一則訊息能對問題反映深刻，就可以看作是深度報導。」

有些研究者不以「新聞文本」的面向定義深度報導，而以「報導形式」來定義深度報導，如《新聞學大辭典》給深度報導的定義是：「運用解釋、分析、預測等方法，從歷史淵源、因果關係、矛盾演變、影響作用、發展趨勢等方面報導新聞的形式。」

有些學者則認為，深度報導是高於一般新聞報導形式的進階或高級的新聞報導。

參、新聞學中的深度報導

在《新聞學簡明詞典》一書中寫道，深度報導是一種闡明事件因果關係、預測事件發展趨向的報導形式，誕生於本世紀40年代，是新聞五W和一H再進一步的深入發展（程世壽，1991：6）。

深度報導「是一種通過系統地提供新聞事件的背景，用客觀形式解釋和分析來延伸和拓展新聞領域的一種報導方式」，同時也是一種以「深」見長的新聞體（程世壽，1991：6）。

深度報導是一種報導重大新聞事件或為社會輿論所關注的

有爭議的問題的報導方式（程世壽，1991：6）。

深度報導是介於動態新聞與新聞評論之間的一種相對獨立的文體。它是一種報導形式，通過系統提供背景材料，分析和解釋新聞事實的性質、起因、後果、趨向等，就社會現象、經濟現象、生活現象等進行深層次的思考，分析矛盾，揭示本質，從而曉之以理，導之以行（新聞學探討與爭鳴，1988年第3期）。

新聞學的領域上，深度報導意義有三：第一、給予讀者新聞事實的完整背景；第二、寫出新聞事實和報導新聞發生時，周遭情況的意義所在，和據此意義新聞最可能的演變；第三、進一步分析上述兩點所得資料。透過深度報導，讀者可以對新聞事件的來龍去脈、實際情形、社會意義和重要性有深刻的瞭解。

換句話說，深度報導不同於一般的純淨新聞（straight news）。純淨新聞報導者以客觀公正的角度，按照一定的寫作格式，對一件事實或觀念，依情節的重要性排列，加以樸實、有限度的記載。深度報導則沒有固定寫作模式，報導者經由長期的觀察、研究，蒐集大量相關資訊，以淺白易懂的文字、清晰合理的邏輯，生動地將報導事件和讀者的生活環境連接起來，藉此激發讀者閱讀的興趣，並吸引讀者持續閱讀，除幫助讀者瞭解事實真相外，亦能充分認識該事件的背景、影響性等相關細節，故可讀性是一篇好的深度報導所必備的條件。

肆、深度報導的三個層次

不過，有人認為，深度報導不同於一般新聞報導，不是在寫作形式是否高級或寫作的層次是否困難，而是在於如何深入表達新聞背後的意義。因此，美國哥倫比亞新聞研究學院將新聞報導分成三個層次，而深度報導必須具備此三個層次，這三個層次是：

第一層，新聞報導是事實直截了當的報導。

第二層，新聞報導是發掘新聞背後的事實真相的調查性報導。

第三層，新聞報導在事實性與調查性的報導基礎上，進行分析性與解釋性的報導。

因此，有學者認為深度報的新聞必須具備有新聞性、解釋性、調查性與分析性的特質。

從哲學的觀點來看深度報導，廣度與深度是一體兩面，互相轉化的概念，兩者互相體現。因此，記者進行深度報導時，深度就成了最終目的，而廣度則成為達到深度的一種手段。

杜駿飛、胡翼青（2001）在《深度報導原理》一書中提到，深度是指主觀對客觀的深入認識，而所謂的深度報導是指新聞報導所導致的受眾對新聞事實的認知程度。因此，深度報導是一種思想，也是一種新聞理念，它的本質不在於「文本」「報導方式」，而在於新聞本體的哲學理解。所以，杜駿飛、胡翼青等認為，深度報導不在體現事與事的關係，而是最終在體現事與人的關係，其新聞理念是一種具有人文主義特徵的新聞本體論，深度報導的內容不僅僅是具體的新聞事件，更重要的是新聞事件與社會、新聞事件與人的關係。

第二節 深度報導的特性

Copple, N.（1964）在其*Depth reporting*一書中寫道，深度報導是把新聞導入讀者所關心的範圍內，告訴讀者重要的事實、相關的典故，以及豐富的背景資料。他指出，深度報導必須具備三項要素：

1.完整的新聞事件背景介紹；

2.呈現事實並指出新聞事件的意義何在；

3.進一步分析新聞事件有關的背景資料和意義。

從深度報導百家爭鳴、眾聲喧嘩的定義中，可以釐出深度報導具有「深度性」、「廣泛性」、「整合性」「遞延性」。（杜駿飛、胡翼青，2001）。

壹、深刻性

深度報導強調新聞的深度，而一篇深度報導的文章是否能深刻打動人心，要看記者對於新聞是否能有深刻的體認，而對新聞的深刻體認則展現在「科學性」、「拓展性」、和「啟發性」三個方向。

一、深度報導的科學性

一個記者面對複雜的新聞事實不能束手無策，而冷靜的運用科學方法進行新聞的分析與求證，才能把新聞事實的本質深刻表現出來。

19世紀中，孔德開創了社會學以來，社會科學經歷了一百五十年已逐漸形成社會科學研究的方法論體系，而不少的研究方法也為深度報導所引用，例如社會調查法、民意測驗、田野觀察法、實驗法等，都已經廣泛的運用在深度報導中。

國內學者王洪鈞指出：「記者從事深度報導必須使自已成為專家，視這個工作為科學實驗，利用調查、測試、研究等方法，對每一件足以構成新聞的觀念及事件，做橫的比較與縱的探討，用數字和證據說明這個觀念與事件的產生背景及其影響。」

二、深度報導的拓展性

深度報導是傳播給閱聽大眾有關新聞事件的深層訊息，而不是語言藝術的表現，因此，深度報導的至高境界是「深入淺出」。所以好的深度報導文本應具備下列三項拓展性；

1.將新聞事實由表層拓展到深層

記者應善於把複雜的的新聞事件進行分解，然後對這些不同層次的內容進行研究，不斷剔除假，也不停留於表象，從而找到新聞的深層訊息。

2.將新聞事實由事件本身拓展向認知

新聞事件與新聞背景間有著千絲萬縷的關係，一個新聞事件必須放入整體的歷史背景中去觀察，才能得到更深層的意義。例如大陸人口走私、偷渡，如以單一事件觀察，只不過是一個社會或法律事件，如果就整個兩岸間的關係去觀察，其所牽涉的意義自然不同。

3.將新聞事件本身拓展向事件之間、以及事件與人之間的聯繫

深度報導最終在於體現新聞事件與人及社會的關係上，因此，事件本身的深刻意義最終還是要由人來賦予，如果不能體現新聞事件與人及社會的關係，那麼此一報導是無法達到深刻的目的。

三、深度報導的啟發性

傳統新聞理論常把閱聽大眾當作訊息被動的接收者，並認為受眾是沒有抵抗能力的靶子，媒體具有極大的力量，大眾媒介宣傳什麼，受眾就接受什麼，這種傳播大效果理論到了20世紀研究中受到修正，接收理論認為，閱聽人是主動的接收訊息，文本的潛在意義是讀者的參與才得以實現，而後現代主義亦主張文本的多樣性，認為作者在作品完成時，作者已死，讀者因而誕生。因此，文學的文本只提供給讀者一個「框架」，這個框架無論在哪一個方向或層次上都有「空白」，這些文本中未寫出來的、或未明確指出的部分，這些「空白」恰如是一張閱聽人補空的邀請函，歡迎閱聽人參加並補白。

深度報導最終體現在閱聽人的深刻理解上。而深度報導要做到深刻就必須讓受眾參與和再創造，深度報導應留出足夠的「空白」，讓受眾自己去思考，避免把一些耐人尋味的內容直接說出來，唯有受眾主動感受到的深夜，才是最可靠的深刻，也是深度報導最終的目的。

貳、廣泛性

深度與廣度是一體兩面，只有深度而沒有廣度的新聞，新聞報導就無法藉由充分的事實進入深層的報導。如果只有廣度而沒有深度，新聞報導就成為泛泛之談，不會引起共鳴。因此，新聞報導的深刻性與廣泛性是深度報導不可或缺的二個重要特性。

就深度報導的廣泛性而言，往往體現在三方面：

一、在題材選擇上體現出深度報導的廣泛性

客觀性新聞報導的題材選擇往往偏向於重要的人物與重要的事實上，或一些有衝突性的新聞上，而深度報導的題材選擇則更新廣泛的取材於受眾所關心的身邊發生的事情，亦即新聞的「親近性」（intimate），這種親近性的新聞主角不是大人物，所發生的事情亦不是大事情，但卻是許多受眾所關心的事情，例如社區內的活動或治安問題。

深度報導擴展了傳統新聞價值的涵義，一條新聞如果能讓受眾有深刻的影響，就值得分析、值得解釋、值得研究、值得

調查，這就是深度報導的廣泛性，亦是傳統新聞學所忽略的地方。

二、在訊息內容上體現深度報導的廣泛性

深度報導的特色在於把大量不同題材的訊息加以呈現，就如同訊息的超市一樣，讓受眾可以自由選擇，各取所需，讓受眾自行感受認知的興趣。就如同傳播理論中的「使用與滿足」理論一樣，該理論不在強調傳播效果的強弱，而在強調，人們可以利用媒介滿足不同的需求，只要受眾能在使用媒介中獲得滿足，即達到傳播的效果。

一篇好的深度報導文章，應如同訊息超市，廣泛的呈現主題的內容，讓不同層次的受眾在閱讀內容時能獲得求知和思考的最大滿足。

三、在說服力上體現深度報導的廣泛性

深度報導在新聞內容的呈現，常以「兩面俱陳」的方式，呈現正、反二方面的意見，根據傳播理論的相關研究顯示，「單方訊息的呈現對教育程度較低者最為有效，兩面俱陳的訊息對受教育程度高者最為有效」，因此，深度報導對於文化階層中主流受眾會較具說服力。

深度報導內容除了會呈現正、反兩面的意見外，也會廣泛的呈現新聞事件的各個面向，讓受眾在閱讀時可以自行解讀與思考，而這種多面向的內容呈現方式，對於受眾有著廣泛的潛移默化影響，長期下來，受眾可能受深度報導的影響，用記者

思考的方式去思考，依深度報導提供的方法去行為，使得深度報導呈現廣泛的影響力。

參、整合性

網路的興起，使得電視、報紙、廣播都成立了新聞網站，從網路的面向思考，網路成為大眾媒介的整合者。如果說，網路是大眾媒介的整合者，那麼，深度報導就是新聞表現形式的整合者。

就客觀新聞而言，基於意見與事實分離陳述的原則，為了完整報導一則重大新聞，記者在撰寫文稿時，會分成新聞事實、評論稿、分析稿、解釋名詞、背景分析等多種文體，報導形式甚至會採取調查性的報導、解釋性報導、精確性報導等形式，而深度報導則採取了整合性的報導。因為深度報導只考慮用什麼方式能使訊息被傳遞更清晰、更完整、更深刻，而透過深度報導進行新聞文體與報導形式的整合，可使報導留給受眾更清晰、完整、與更深刻的思考和回味的空間。

肆、互動與遞延性

受眾對一則有興趣的新聞，他們想知導「發生了什麼事？」，隨後會問：「以後的發展如何？」，因此，一則深度報導的文章，在時間上是有遞延性的，因為一則新聞事件從發生到一個短暫的結果（如判決結果或地震災後重建），可能延續一段極長的時間，深度報導會採取連續性的追蹤報導，或系列性的報導，藉以呈現出新聞意義。

一則連續性或系列性的深度報導在刊出期間，可能獲得受眾的回響，並提供各種不同意見與線索，讓記者與受眾間有了互動，使得深度報導由時間進入空間，而深度報導有了受眾的回饋意見，使得報導得以在持續互動中修正報導內容與方式，進而進一步深入的揭示新聞事件的本質。

第三節 深度報導與其他報導

深度報導廣泛的吸取調查性報導、精確性報導、新新聞學報導等新聞理念的合理因素，並合理的剔除了這些新聞理念受批評的因素，因此，深度報導與調查性報導、精確性報導、新新聞學報導有著一些相似，卻又有著一些不同。

壹、深度報導與客觀性新聞報導

客觀新聞報導是美國新聞界早期最主要的報導方式，報導方式強調：

1.依倒金字塔的寫作方式，選擇新聞最重要的部分在第一段導言時報導，其寫作方式是依訊息的重要性的強度依序撰寫。

2.報導方式強調只報導事實內容，不加入記者個人主觀的意見。

3.這種報導方式是置身事外、冷眼旁觀的中立。

4.以兩面俱陳，意見與事實分開的報導方式。

5.強調沒有立場的超黨派的中立報導立場。

客觀性新聞報導強調不加入個人主觀意見，只陳述新聞事實的報導方式，因此，客觀性新聞報導通常把新聞的重點放在when、where、who、what等四個問題的答案上，而深度報導的重點除了把重點放在why與how的身上外，同時會詳細的告訴受眾有關此一新聞的意義和它的前因後果，以及它的影響。深度報導不僅是在陳述客觀的事實外，同時也通過解釋和分析新聞的意義。

貳、深度報導與解釋性報導

深度報導與解釋性報導，表面上極其相似，其實，解釋性報導只是針對專業性的名詞或複雜的新聞內容做解釋性的報導，或對新聞事件從記者主觀的意見進行解釋。而深度報導不只限於背景說明，尚包括分析的責任，記者並不以個人觀點解釋新聞，而是以事實解釋事實的方式，以進一步詮釋新聞的意義，讓閱聽人更能瞭解新聞所隱含的意義。

美國專欄作家朱蒙德（Roscoe Drummond）說：「深度報導就是使昨天的新聞背景與今天的事件發生關聯，以獲得明天的意義」，簡單的說，客觀性新聞報導著重在新聞發生的「當時」，解釋性新聞報導重在就此一事件當時的意義加以解釋，而深度報導新聞則除了著重新聞發生的「當時」外，還要追溯

「過去」，並揣測「未來」，亦即除了客觀報導新聞發生的經過外，也同時以新聞背景資料來詮釋新聞，並揣測未來可能的變化。

參、深度報導與精確新聞報導

精確新聞報導可以說將客觀性報導的精神發揮到極至，精確新聞以科學的方法報導新聞，摒除了記者主觀報導新聞的因素，但卻常常陷入工具性的陷阱，只注意表面數據所顯示的事實，常常忽略了數據後面的意義。

深度報導修正了精確新聞的缺陷，吸取了精確新聞合理的成分，以科學的方法獲取新聞來源，同時試圖以主觀的色彩和不拘泥的格式撰寫新聞，清晰流暢的告訴受眾，在科學數據後面數字所隱含的意義。

肆、深度報導與新新聞學報導

新新聞學報導注重新聞故事的可讀性與感染性，試圖給受眾一種藝術的享受，而深度報導則通過對新聞複雜事件的解析和前瞻，向受眾輸入更多、更有用的訊息。此外，新新聞學作品中，作者的純主觀的觀點很強，而深度報導則絕大部分場合下，恪守著用事實說話的原則，把作者本人的觀點和傾向融會在對事實的描述上。因此，深度報導試圖將新新聞學報導從文學的軌道中拉回到新聞報導的本體性上。

第四節 深度報導源起背景

深度報導的興起與發展，基本上是在客觀性報導、新新聞學報導、精確性報導、調查性報導等新聞思潮中不斷的擺盪與修正而逐漸形成與成熟（杜駿飛、胡翼青，2001）。回顧新聞思潮發展的歷史不難發現，深度報導的形成有其歷史的背景。

壹、社會責任理論興起深度報導

長久以來，新聞報導奉行的是自由主義的新聞理論，強調新聞報導的自由，不受任何形式的限制與控制，在極權時代或媒體為政黨控制的時代，自由主義理論有其特殊的發展背景，但新聞媒體到了20世紀後，大眾傳播媒體掌握在少數人手上，掌權者卻未能體會自由主義理論的精神，對新聞媒體的控制形成了對社會的操縱，且無法充分的提供滿足社會的需求，因而社會興起了對媒介的社會責任的要求。

美國新聞自由委員會在「自由和負責的新聞業」中對記者提出要求說：「對每日的事件給了真實的、全面的、和理智的報導，並將它置於能顯示其意義的特定前後關聯」，此一要求正與深度報導的精神不謀而合。所謂深度報導就是圍繞社會發展的現實問題，把新聞事件呈現在一種可以表現真正意義的脈絡中，而社會責任理論對新聞深度思想給予強而有力的理論支持。

貳、媒體的競爭推動了深度報導

20世紀初，廣播與電視相繼的出現，報紙面臨了生存的威脅，對電視而言，它能以聲音及畫面展現新聞事件的本來面貌，極富現場感。廣播在時效性又遠超過於報紙，當時有人甚至預測報紙在競爭中將會消失。

事實上，廣播、電視雖然有其特點，但也有其缺點，例如聲音與畫面的易逝性，較難在短時間內讓受眾瞭解複雜的信息，而這些缺點正是報紙可以掌握的特點。報紙的優勢就體現在能對新聞事實進行較詳盡的解釋和深刻的分析，尤其在面對廣播、電視媒體的競爭時，報紙更發揮了深刻報導、深入人心的功能。

參、受眾的需求導致深度報導的興盛

美國在進入20世紀後，隨之經歷了第二次工業革命，人們素質的提高，對自已知的權利也愈加重視，尤其是生活周遭所發生事件的意義也愈加關注，因此，對於單純的客觀報導新聞方式已經不能滿足，他們希望能從報紙中瞭解新聞事件的詳細過程外，並希望能更進一步瞭解新聞事件背後的意義，尤其是希望媒介報導新聞時能留給他們一些思考的空間，因而使得媒介不得不以深度報導的方式來爭取受眾的支持。當時美國《費城詢問報》就鼓勵記者以深度報導的方式報導新聞，《費城詢問報》並因而獲得十三次的普立茲新聞報導獎而廣受讀者的歡迎，並成為美國的主要大報。

深度報導成為媒體主要的報導方式，主要是其報導方式承繼了客觀報導合理、客觀的優點，並加入作者感性體認與理性分析，同時在歷經調查性報導、精確性報導、新新聞學報導的洗禮，使得深度報導得以兼容並蓄的承繼各家報導的優點，成為一個成熟且受歡迎的報導方式。

一、什麼是深度報導？深度報導應該具備哪些特性？

二、請分析深度報導與一般新聞報導的差異？如何判斷深度報導文章的好壞？

三、請針對相同主題蒐集報紙、電視與雜誌的深度報導做分析比較。

四、深度報導是如何興起的？

五、請從新聞報導文本的演變思考深度報導的時代意義。

第 2 章

深度報導的選題

深度報導將過去的新聞與現今時事結合，深入挖掘新聞事件背後的原因、探索其中過程與意義，讓新聞不再僅止於表面的現象，呈現出多元的面貌。一篇成功的深度報導可以喚起大眾對新聞事件的省思，藉由不同角度的剖析，讓老舊新聞再現生命，由於撰寫深度報導的方式不同於一般新聞，進行深度報導時，擬訂一個好的題目是首先要考慮的要務。

第一節　深度報導選題的思考

選題對於深度報導是非常重要的，一篇文章擁有具吸引力的新聞題目，報導就能優先獲得閱聽人的注意力，另一方面，從整個新聞報導的採寫工作來看，選題選好了，報導就成功一半。相反的，如果題目訂的不好，那麼無論資料如何的豐富，都很難獲得閱聽人的青睞。抓選題其實就是在進行新聞價值的預先判斷，有了好的題目，就會有一個方向和好的開始。

所謂深度的選題，指的是新聞報導對所報導的領域、範圍、重點進行抉擇，深度報導要如何進行選題，首先必須思考下列的問題：

壹、注意題目的「意義」與「觀點」

在《天下雜誌》工作十二年的楊瑪俐強調，在選擇深度報導題目時，要特別注意「意義」與「觀點」這兩個原則。例如「流浪狗」的主題很多，有「流浪狗的『環保問題』」、「流浪狗的『人道關懷』」，擬訂題目不能只停留在「要做流浪狗」而已，要深度報導著重WHY與HOW的新聞寫作模式，因此主題就要想得深。也就是要去判斷、分析，什麼是對讀者有利，對大眾有相關利益的素材，然後去選擇題目。這當然牽涉到己身對整個社會現象的瞭解與關懷程度。

在題目的選擇上最重要的原則之一，是在於「意義」這兩個字。楊瑪俐認為，選題時要去分析你所選擇的新聞素材或是現象，對於讀者而言，有什麼樣的意義與利益？這點是很重要的，一般新聞報導，就只是純粹的新聞事件報導，幾乎沒有什麼意義可言，深度報導最大的特點之一就在於要指出「意義」的所在。

除了「意義」這個原則外，深度報導更應該要有「觀點」，就像是社論或是評論性文章一般，有特殊的觀點，帶給讀者對於事件現象背後「意義」的分析與判斷，給予讀者思考的價值。

貳、選題應思考題目的動機與衝突性

一般來說，要訂立一偏好的深度報導題目其實不難，在選定一個深度報導的主題時，在事前都要先思考到，究竟自己的動機為何？在整個議題上想要呈現什麼樣子的內容給閱聽者？然後針對自己的動機，去做背景資料的蒐集和整合。假設，在事前訂定議題時，如果沒有思考到究竟報導的動機為何時，就很容易產生不知道該從哪一方向和立場去進行資料蒐集的情況發生，進而造成自己會變得像無頭蒼蠅一般，一點頭緒也沒有。然而，若是在先前能夠確立整個主題的動機，那麼在現在網路發達的社會裡，透過網路搜尋引擎、報章雜誌等媒體去蒐集到一份完整的背景資料，並不是一件很難的事情。

例如在做一個兩岸關係的議題上，選擇具有對立觀點和立場的兩方，其各自具有代表性專家學者來做深入的訪談和評論，這樣一來就容易因此引爆整個議題的火花和摩擦點，而凸顯整個議題的衝突點，也就會更容易吸引閱聽者。因為一個完全不具有衝突點的深度報導，是無法真正吸引現在的閱聽者，當然我們也會因所產生的衝突點，而讓整個議題真正觸及到各個層面，讓所切入的立場顯得更為周延和縝密。

參、選題時要思考受訪者的新聞張力

採訪對象具有爭議性、衝突點，就有伸展的力量，愈是敏感、爭議，張力就愈大，作出來的採訪也就愈深入。由點為基礎來延伸，這個點愈具張力，所能擴展的面就愈廣。

採訪對象於人、事、地、物中，把人當做切點是最佳選擇，因為人是活的會說話，會表達反應，因此人是深度報導最好的切點。但不論是擇人、事、地、物中的哪一項，要特別注意的是，不可有兩個以上的切點，否則將會模糊焦點，整篇報導顯得雜亂。

肆、選題要思考題材的創新

炒舊聞其實沒什麼意思，若從沒有人做過的新題上發揮，比較能創造出新鮮感來吸引讀者，例如網路時代的來臨而產生出許多新現象，例如網路一夜情、網路犯罪等新的社會問題，還有臺商到大陸投資包二奶的現象，其實都很適合做深度報導；當然，做新題有利也就會有弊，雖然可以滿足讀者們一定的好奇心與新鮮感，但相對的，在尋找相關資料時也比較困難。

除了創新之外，有些歷久不衰的題目其實也可試著去加以突破，例如青少年犯罪、外遇、離婚率高……等社會問題是一直存在的，這時候就要有把握做得比之前的更好，否則就不要浪費力氣，或是之前的深度報導沒有抓住重點、切點不同，就可以在同一題材上加以耕耘，做得比之前的更深入、更清楚、更出色。不過重點是做舊題的深度報導一定要有引子，引子的意思是指最近所發生的相關新聞，然後必須從中找出新的變化，像是三年前的青少年自殺和三年後現今的青少年自殺的原因之不同，並加以比較：也許三年前是因為聯考壓力，現在則可能是為了多元入學方案的影響，使青少年要補更多的習，造成了現在所存在的社會問題，總之，重點必須凸顯在最近所發生的新聞事件上。

伍、選題要先摒棄先入為主的觀念

一般來說，一個深度報導的議題選定，最令人擔心的便是對一個新聞事件的內容不夠熟悉，或者本身對事件背景瞭解的不夠透徹，而造成個人對欲報導的議題產生先入為主的觀念。如此一來，不但會造成議題的進行時，因個人主觀因素產生些許偏差，甚至也有可能導致讓它成為一份包含自己過多個人觀點的不實報導，因此，深度報導的選題要先摒除先入為主的觀念。

陸、選題要有敏銳觀察力

敏銳的觀察力與判斷力是首要原則。身為一位新聞工作者，最基本的條件便是要具備比別人更細膩的心思與更敏銳的觀察力，當然，這也是做深度報導的首要原則，要不停的訓練自己去注意細微的變化、別人不易察覺的角落，才能將故事與事實真象完整呈現。

深度報導的題材，往往是社會邊緣或政府弊案及弊端的題材。好的記者必須知道如何從日常例行事務中，挖掘出可以撰寫深度報導的題材。需多重要能引起讀者關切的題材往往不是很明顯，記者無法一下子就發現其重要性，但有經驗、資深的記者會懂得如何發覺這個事件中所凸顯的意義及吸引讀者之處。對新聞事件的敏感度愈高，所設計出的題材則愈容易受讀者重視。

柒、適度的修正選題

適度的修正選題是必要的！因為在著手進行資料的蒐集和整合同時，我們也許會發現；原先鎖定的主題恐怕不夠周密，甚至原本預設要訪問的對象並非是這類的資深工作者，或許在訂定主題之前，完全沒有考慮到要切入的角度和方向，在我們蒐集資料的同時也一併產生，這時候我們就有必要從手邊現有的資料，對事件背景做一個更詳細的深入瞭解，同時對原先設定的議題作一個適度的修正。如果我們能夠一邊蒐集資料、一邊修正議題的話，相信這會是一份很成功的深度報導。

第二節 深度報導的選題策略

新聞是一點一滴的，深度報導則是要把這些點滴的累積串連起來，所以做好一篇深度報導的首要條件就是找對題目，從新聞事件的發生中尋找深度報導的材料時，在題材的選擇上雖不必為迎合大眾口味而特別著重腥羶色的話題，而較偏重社會、人性的黑暗面，像是外遇、酒店公關的秘辛等等，但有沒有可讀性仍是第一考慮的要素，例如美國總統大選其實也可以拿來做深度報導，探討一些美國長久以來傳統的選舉制度，雖然類似這樣的主題比較不慫動人心，不過卻仍然具有可讀的價值。如何著手從許多社會現象中挑選出可以做深度報導的題材呢？以下策略可供參考。

壹、深度報導著重於「焦點」的確立

製作深度報導時，「焦點」的確立格外重要，政治大學新聞系羅文輝教授認為，很多人因為對所要做的議題沒有深入的瞭解，因此在報導時無法表現深度，要對新聞背景有充分的認識，才能掌控報導的重心。

選擇題目是一個重點，我們在決定題材時，首先要考慮這篇報導的性質及閱讀群眾的定位；深度報導須具有新聞價值，「時效性」與「可行性」攸關題目的選定。從題目的著手選取到完成整篇深度報導，往往已經過了一段時間，到了出刊時，這個議題是否仍會受到民眾的關心？這是需要考量的地方。此外，仍要衡量本身的資源、人力、財力是不是能夠支援我們做這樣的題材，進一步評估其可行性。報導的焦點明定後，進而擬定整篇報導大綱，建構中心概念。

貳、從新聞中尋找題目切入點

一般報導與深度報導的不同，前者僅止於客觀的事實描述，後者必須具有「洞見」。所謂的深度報導要談的是「辯證」的東西，即用不同的角度來看一件事情可能有不同的解讀。其題材的來源通常是跟著新聞走，唯其切入點必須有所不同。譬如報紙說政府要廢公娼，在做深度報導時，便可以站在自由派女性主義和激進派女性主義的角度，來說明廢公娼是對或不對。

《天下雜誌》資深編輯游常山認為，辯證是屬於哲學的一環，因此他認為做深度報導的記者對哲學要有相當的認識。而要如何做深度報導？多看剪報，瞭解新聞的走向，然後必須抓出其中一個重點做進一步的探討。譬如說報紙報導醫生不夠，深度報導便可以針對密醫猖獗、危害社會的問題做為報導題材，也可以就各大學不斷加設醫學院，或是從成藥是否氾濫來探討，從每個方向著手都會發展出不同的體系，由於講求深度，因此它通常比較窄，無法囊括各方向。

參、題目的設定不宜過大

在擬定深度報導的題目時，不宜將題目設定得太大。題目面過大，所作出來的報導，多半會成為東拼西湊的鬆散結構，或許新聞的內容很多，但這絕對稱不上為深度，充其量頂多是一桌雖豐富但沒什麼看頭的年菜。

題目的設定不宜過大，也就是說要「切」主題，由一點往下紮根、瞭解，慢慢由點去刨成面，就會看到同時具有深度和廣度的報導，與大範圍的探索卻抓不到重點的方式相較，更有吸引力，也更稱得上為深度報導。以探討青少年性氾濫為例，青少年性氾濫所涉及的面太廣，不如設定未成年少女墮胎行為一點來切入，進而引伸出青少年的問題。找多個未成年墮胎少女訪談，面雖然拉開了，但由於不夠深，所能觸及的僅是表面的現象，這樣的報導僅是走馬看花。不如再將點縮小，就由一位未成年墮胎少女來衍生，從對她深入的瞭解來看整個社會問題，由對她的探索，可能會發現所衍生的家庭問題、價值觀問題，從這些問題再去探討社會所存在的現象。將點延伸為線、再拉開成面，這樣的報導才會有足夠的深度和廣度。

深度報導題目的擬訂策略，資深新聞工作者林意玲舉例如下：

1.「牧業濫用抗生素，政府應如何管理？」，應轉為趣味性並與切身相關「你每天食用的肉品含有多少抗生素？政府該如何管理？」。
2.「網路一夜情」，過去相關的探討過多，要找出新的角度切入「虛擬性愛意義為何？」。
3.「學生使用網路人口增加」，題目過淺，應改為「有多少大學老師要求學生用電子郵件繳交作業？」。
4.「PDA與WAP的比較」，題目過淺，應改為「PDA與WAP在未來有無結合的可能？」。
5.「青痘可以隆胸？」或「鮑佳欣魔法大公開！」，只是少數個案，不具探討意義。
6.「父親虐待兒童原因探討」，題目包含的範圍太大。
7.「唱片公司成功之道」，具有意義。
8.「新光集團吳如月搶案談中輟生問題」，具時效性。
9.「搖滾風潮」，時興、可能會顛覆傳統的現象具探討性。
10.「捷運車廂互動看臺灣人情文化」，有趣、新鮮且具意義。

肆、選題的幾項守則

從事新聞工作與教學工作多年的林意玲認為，深度報導選題有幾項守則，注意這些守則就可以訂出具有深度的題目。

一、題目來源

1.**新聞事件**：新聞事件往往礙於時間及版面無法呈現出深度，藉由深度報導，可以對新聞作進一步的探討。
2.**時事（潮流、趨勢）**：許多的潮流、趨勢背後都有很深的意義存在。
3.**與他人的談話**：在生活一般的對話中，從對方的抱怨聽出問題。
4.**觀察體驗**：對自己周遭環境多一份關察、體驗，從感受中發現題目。
5.**生活需要**：生活需要的匱乏是最直接、最值得研究的題目。

6.**數據**：每天我們所接收的資訊中包含許多的統計或研究數據，而「數字會說話」，仔細解讀數字背後代表的意義，也能找到題目。

7.**研究報告**：大專院校、研究所以及許多大大小小的機構都有進行研究，我們可以從研究報告瞭解研究內容和研究結果，從中發現問題。

8.**官方發表的數字統計**：政府每年都會有作固定項目的統計，特殊狀況發生時，還會作策略性的統計，這些數據代表國內人民基本的生活型態、社會組成架構、經濟水準……等，數字的變化也代表人民生活和社會的改變，其中必有值得一加探索的部分。

二、題目擬訂

1.**具備有可深度報導的本質**：事件的發展曲折、事件本身對社會具有意義或是影響的人、事、物、財較多。

2.**是讀者想讀、或是與讀者相關的**：是讀者所面對的切身問題，或是與讀者生活距離、生活方式接近，貼近生活需求，或者是讀者所熟知的人、事、物。

3.**包含範圍不能過大到可寫成一篇論文，也不能過於狹隘或太籠統**：範圍過廣，需要好幾篇文章才能完整的題目不易討好；過於小眾或是私人的議題也沒有探討的必要，除非是對大眾有影響、意義。

三、題目預訪

題目之前要先預訪才能知道題目有無可行性。所謂預訪包含：

1.**口頭訪問**：找到瞭解問題的人、跟瞭解問題的人談話（並不是當事人或要採題的主角）。

2.**資料蒐集**：尋找相關的研究文獻，像書、論文、研究報告、統計資料。

採訪分為：1.預訪，2.實際採訪，深度報導不完全取決於大量的採訪，大部分是決定於深入的觀察與研究。不同於一般的新聞報導完全依賴採訪獲得內容，深度報導在實際採訪之前就對事件有三分之二的瞭解。

四、注意安全，當心陷阱

採訪前做好萬全的準備，卻不能預防採訪當中所可能發生的危險。由於深度報導所碰觸的題材往往會和既得利益者的立場有所衝突，所以注意安全是最重要的事項。一個好的記者，不僅僅只是寫出好的報導、具有高度的新聞敏感度而已，更重要的是，當面對危機及困難時，能有臨危不亂、處理危機的能力。

當新聞題材已確定後，準備的工作就開始了。在國外，做深度報導的記者往往不是單打獨鬥的，而是組成一個團隊共同運作。由於深度報導的困難性高，因此事前的蒐集資料顯得特別重要。記者必須全方面的對過去有關的報導、目前事態的發展、尚未解決的問題及可能發生的影響，作全面性的瞭解評估及摘錄要點，有時還得根據新聞題材的背景詳加研究，追溯至幾年前的資料。

深度報導與其他報導最大的不同處在於，深度報導的記者必須以主動、積極的態度將自己融入於事件中，而非僅是一忠實的旁觀者在旁做紀錄報導。深入事件當中，首先要注意的是摒除個人主觀的意念；其次在當中，記者會發現有許多的消息管道是自己始料未及的，掌握住這些消息來源，深入現場的採訪，再加上報導時直接引用受訪者的話，可讓報導呈現出臨場感，讓讀者更為信服，並對此報導產生興趣。著手準備一篇深度報導，就像陷入熱戀一般，必須親身接觸，不能由別人代勞，也不能在一旁觀看。

對深度報導的記者而言，堅持不懈具有特殊的意義。由於深度報導所花費的人力及時間較多，因此有許多的記者往往在遇到挫折時便放棄或草草結束報導，這種態度是不正確的。無論是一般性新聞報導或深度報導，一旦發現新聞事件所浮現的問題時，便要找出事實的真相、答案及解決之道，得不到想要結果，絕不輕言放棄，必須以持續不懈的努力完成報導。

一、深度報導的選題與單純新聞報導之價值判斷有何差異？

二、深度報導的選題策略會不會因為媒體特性不同而有不同的策略？

三、請參考本章中所提的深度報導選題思考與策略，擬訂一個深度報導題目。

第 3 章

深度報導資料蒐集

成功的深度報導，其關鍵在於是否能準確的抓住報導的「焦點」，而只有在大量閱讀背景資料後，才能知道文章的重點與報導的方向，也才會曉得「焦點」在哪裡。深度報導的主軸決定文章的成功與否，如果不能建立明確的角度，報導將模糊且失去深度。因此，深度報導採訪前的資料蒐集很重要，深度報導與一般報導的不同點在於深度報導是有景深的，有長、寬的特性，而且複雜，不論報導人、事、物都非一般的基本訪談，要更擴大，甚至是研究，因此記者要積極蒐集資料、閱讀資料。

第一節 深度報導資料蒐集策略

如何著手進行深度報導的資料蒐集？一般而言，背景資料的蒐集可分三方面來進行：1.報章雜誌、2.學術論文期刊、3.新聞同業。背景資料的吸收、瞭解十分重要，若是這個環節沒有注意，勢必影響深度報導的架構。

為了讓讀者能充分體會現實感，報導議題時就要加以舉證，採訪前對主題一定要先瞭解，而不是毫無頭緒的亂提問題。《天下雜誌》資深記者刁蔓蓬認為，記者事先要study，並針對受訪者內容再發問，例：為何受訪者如此回答？為何今天表現如此？為何這是個big issue？都要在心中思索重新提出問題。因為之前記者對報導主題或受訪者可能都沒接觸過，study顯得格外重要，多閱讀剪報、學術資料都是很好的方法。以核四為例，記者可探討反核的是哪些人，擁核的又是哪些人，各自站在什麼立場下決定，什麼情況下又會影響決定，並且要對照世界各國在處理核四時的態度、民意、決定，比照各種不同情況下的反應。現在internet如此發達，就提供記者找資料時相當大的方便。

對於各種深度報導的新聞種類不同，所蒐集資料的方式也不一樣，基本上不管是硬性新聞或是軟性新聞，二者的事先準備基本工作卻是一樣的。談到資料方面的蒐集，上網去找資料是現在最便利的方式，而專人的研究案、找報紙的剪報、閱讀相關的報告也都是基本的準備，由於是新聞深度報導，所以新聞資料的蒐集是基本的工作，針對議題深入與完整的報導也是需要注意的。

以性騷擾問題或者是國民大會要廢國代題目為例，這是兩個不同主題的新聞性質，要針對個別的新聞對象或新聞主題做進一步的深刻搜尋，如性騷擾問題，找出這個領域內有哪些人曾經做過類似研究，或者是說長期在從事相關方面的基層工作。

在蒐集到的資料中，有些是屬於概念層次的資料，有些則是現實事實例子的資料，兩者是有差異的，必須加以釐清。

什麼叫性騷擾？國外的經驗是怎麼樣定義的？臺灣的經驗跟國外相較又有多少差別？臺灣在具體的情況下發生過多少案例？又有怎樣的處理方法？這部分有很多學者對這樣的議題掌握可能沒有民間從事這方面工作的人來得清楚，所以，你同時還要去找對這個議題本身有長期實地經驗的一些社會團體來進行瞭解。

深度報導在進行資料蒐集與處理時，有幾項原則是需要注意的：

一、正確掌握議題　迅速清楚處理

在擬定問題的同時，你對於這個議題要有一定程度的掌握，如此才能清楚的知道說你該怎樣去處理這個議題。其實所有的問題都有千千百百種角度，經過資料蒐集的分析與判斷或初步的訪談，你才可能比較清楚知道說，在這個領域內的個別問題到底是什麼。

基本訪問的過程可從剪報開始著手，往上找學術性的相關報導，往下則是找現實發生的案例，以便做最初步的訪談，評鑑他們對這個議題的想法是什麼？由初訪的過程去清楚的定位你的議題到底要做什麼？你要去訪問的是哪些人？你要如何去呈現你的故事？這也牽涉到新聞記者對於這個新聞事件的掌握程度，新聞記者本身的經驗與資歷以及他對這個問題的歷史性瞭解，都會影響到深度報導的議題跟角度。

二、數據運用上要注意時效性

在資料運用上要特別注意數字的問題，使用數字方面，你可能要到政府機關團體去找，然後深度研究案通常是經歷過一段時間，數字可能已經過期，資料數字與你報導上的時間落差比要小心。

譬如說，你在報導投票人口時要特別註明資料的時間與情況，而性侵犯或性騷擾在學術上有所謂的犯罪黑數，實際發生率跟去報案的數字會有明顯地差別，民間團體會給你最近的發生案例，而這方面通常是沒有官方統計數字，這只是民間輔導團體的一些統計，不是全國性的數字，要如何去運用資料，需要新聞記者的學術訓練與個別現象的瞭解。

三、資料真實呈現與深度報導完整

另外，分辨資料的真偽與多方立場與角度的分析也非常重要，牽扯到概念性的討論，常有兩種或多種以上的角度，在資料的使用上，要對正、反兩面或是三方多元的觀點做公平的呈現，避免接受一種角度與立場的陳述。

然而在分析的過程或資料的使用過程中，你不能夠先把其他方向的可能性都排除，新聞寫作與採訪的過程中要讓不同意見有對話的可能性，經過對話你才可能會覺得哪一部分是比較有道理的。

在深度報導的最後，你可能會覺得某一方是比較有道理而做評論，在報導的後面再提出一些反省，但在反省與思考之前，不同想法、意見、立場、經驗、族群的聲音都要真實呈現出來，如此才可謂是一篇完整的深度報導。

四、大量閱讀以增進本身學識

事前的準備工作很重要，因為只有事前的準備工作做的好，採訪時才能得到好東西。東森Etoady採訪主任范立達認為，「作一個獵人出去打獵不能沒有帶槍」，這正是強調事前準備的重要。如果說事前準備沒有做好的話，那就不可能問出好問題，也就不可能寫出一篇好的採訪稿。

事前準備除了要對所採訪的人、事、物有「充分」瞭解外，更重要的還有平時功夫的累積，這平時功夫的累積就來自於大量閱讀。不管是什麼，當一個記者都應該盡自己的能力去多吸收，當別人覺得你有準備時，自然就不會隨便敷衍你。以我本身來說，只要到我手頭上的書，兩天內就一定把它看完。

唯有靠大量閱讀，才能夠讓自己的腦袋中有更多的東西，如此自然而然，所問出來的問題及所切入的報導角度就會跟別人不一樣，也更能做出更出色的報導。

一份深度報導除了設定一個好的議題、一個完整的相關架構外，深度報導的進行過程中，和受訪者、邀約對象做好完整的聯繫亦是非常的重要的。在訪談之前，著手進行蒐集受訪者的相關資料是必要的，因為如此一來，我們才能夠透過資料對受訪者有更進一步的瞭解，而非只是表面上熟悉，若能事先做好這些工作，訪談過程中才有可能營造出一種和諧、融洽的氣氛。

對受訪者的背景是否瞭解，這是深度報導的前提，要注意對方對於題目是否清楚瞭解，愈清楚，溝通效果愈好。在採訪中要考慮對方的情緒並取得信任，舉例來說，年代新聞部綜合新聞組副組長余佳璋以採訪雷倩（在尹清楓命案中，具有重要地位關係人雷學明的女兒）指出，他們希望雷倩能針對此一事件表示她的看法。起初她不願接受採訪，因此記者從其背景下手來說服他，甚至注意到網路上明日報有其個人網站「雷家日記」，從旁敲側擊的方式，以同理心來看待，以關心她的角度來請求她對此事件說明希望得到她的諒解，如此一來，受訪者心房容易鬆動，也因此同意接受採訪。說服受訪者，必須基於要幫助他而且是值得來跟大家說明的角度。

深度報導並不容易完成，往往需要耗費許多的人力、物力及時間，當新聞題材已確定後，準備的工作就開始了。做深度報導的記者不是單打獨鬥的，而是組成一個團隊共同運作。由於深度報導的困難性高，因此事前的蒐集資料顯得特別重要。

記者必須全方面的對過去有關的報導、目前事態的發展、尚未解決的問題及可能發生的影響，作全面性的瞭解評估及摘錄要點，有時還得根據新聞題材的背景詳加研究，追溯至幾年前的資料。

瞭解過往的資料，有助於掌握事件當前發生的意義，並可對未來可能發生的影響、情勢走向提供線索。其實，採訪深度報導事先要做的工作和採訪一般新聞差不多，所不同的是深度報導所做的準備工作，蒐集的資料必須更詳盡，需要更多的時間及努力。充分的事前準備可幫助記者避免提出許多不恰當的問題，而蒐集資料，準備工作的努力，能使深度報導更全面性及完整。

第二節　深度報導電腦輔助採訪

傳播科技的發展對一位新聞工作者而言，所面臨的不只是電腦打字的學習，而是新聞採訪工具的運用，甚至是新聞思考模式之改變，過去，記者必須要回到辦公室上班、寫稿、找資料。電腦化後，記者所需要的新聞背景資料已經可以利用手提電腦透過網路的連線，直接進入報社的資料中心，或國內外圖書館找資料，數位化與衛星傳送系統，可以讓聲音、文字、影像穩定的傳送，不論在山區或高速移動時，都能清晰的傳送高品質的訊號，面對未來的新聞競爭，新聞工作者面臨的不再是傳播的新聞戰，而是高科技的新聞戰，而深度報導資料的蒐集，採用電腦的輔助，將有助於更迅速蒐集到所需要的資料。

壹、電腦輔助報導歷史

對於媒體使用線上資料庫，或以電子郵件對遠端的受訪者進行採訪，以作為消息來源的相關研究，最早出現在1980年代末期的美國，該時期的報社處於嘗試階段，準備進入採用線上檢索時期。1990年初期，研究著重在記者與新聞圖書館員（news librarian）報導新聞時，對線上資料庫的接近與使用狀況，此時期研究顯示，報社有必要訓練記者或新聞圖書館員，作線上檢索之訓練（Ward and Hansen, 1991：491-498；Riemer, 1992：960-970）。

Garrison（1997）在1994到1995年間，針對美國287家報社的記者與編輯，調查其使用線上搜尋資料的狀況發現，1994年使用上網的工具作為消息來源的比例為57.2%，1995年為63.8%，有逐年增加的趨勢；而其使用的頻率上，每天使用的比例由27.4%提高到28.9%，而每週使用頻率，則由12.1%提高到22%。整體而言，1995年時，不管是每天、每週、每月，或是多於一個月以上使用次數的使用頻率，均較1994年升高（Garrison, 1997：79-93）。

Garrison的研究發現，1995年的美國報社已比一年前更願意花錢在較貴的付費搜尋網站上，但同時要求記者接受上網的訓練，以降低成本（Garrison, 1997：91）。廣電媒體、雜誌等媒體，也趨向把電腦科技納入採訪新聞的管道之一。

Ross和Middleberg從1994到1997年之間，每年針對美國記者使用網際網路的情況進行研究調查，其中包括他們對Web的接受程度以及線上使用的頻率等。新聞從業人員接觸線上工具的頻率，從1994年的64%、1995年的78%、1996年的87%到1997年的93%，由此看來，網際網路已經進入新聞記者的工作領域當中。

事實上，愈來愈多的記者將上網查詢，當成其消息來源（information source）之一（Garrison, 1997：80）。使用線上檢索服務的報社正在增加中，而記者上網的主要目的在於尋找新聞的背景、消息來源、專家及其他新聞機構是否有相關主題的報導（Friend, 1994：63-71；Garrison, 1997：90）。此外，電子郵件也大量被記者使用來接觸其需求的專門領域，記者利用網路協助其完成新聞報導已成為普遍的趨勢。

貳、電腦輔助報導定義

1991年，學者Ward與Hansen（1991）提出了電腦輔助新聞報導（Computer-Assisted Reporting, CAR）。DeFleur與Davenport（1993）為CAR提出以下三個定義（DeFleur and Davenport, 1993：26-36）：

1.在電子布告欄或報社電子資料庫中，所提供給公眾查詢的商業線上資料庫（online databases）查詢資料。

2.分析公立機構的電子紀錄（electronic records）。

3.建立其慣用的主題式資料庫。

綜合許多學者的定義，「電腦輔助新聞報導」指的是以電腦作為新聞採訪的輔助工具，其中包括電腦硬體與軟體的使用，最重要的意涵在於，運用電腦網際網路的連結，接近無數的相關電子資料庫，藉由線上檢索，獲得新聞消息來源的靈感、尋找進一步資料，以作為尋找新聞報導的題材，並減少新聞消息來源的菁英偏向，增加消息來源的多樣性。

參、電腦輔助報導的功能

一般而言，記者運用電腦輔助報導，主要用來：1.事實查證；2.尋找報導的線索；3.查詢報導的背景；4.找更具深度的報導資訊；5.為了長期報導找線索；6.搜尋突發新聞（Garrison, 1995b：83-84）。此外，電腦輔助報導亦有如下的功能：

一、讓消息來源更多元化

過去的新聞報導主要依賴例行性的訊息管道與官方消息來源，這些研究同時暗示，如此對例行性訊息管道與官方消息來源的依賴，對新聞的品質產生若干影響，使得媒體在多元社會中，並未盡到提供多元消息來源及觀點的責任（Ward and Hansen, 1991：474）。然而，來源的多元化，有賴於多種不同消息來源類型的投入，以增加資訊的多樣化。為增加意見市場的多元化，必須使新聞內容的消息來源，多使用非傳統的（non-conventional）和非官方的（non-official）消息來源。

實務工作中可看出，日報要排除對傳統新聞來源的依賴是困難的（Ward and Hansen, 1991：475）。不過，隨著記者增加與各種消息來源的接觸，新聞記者減少對特定消息來源的依賴，使其更獨立和客觀，較不會被少數政治力量和權力操控議題。

愈來愈多的報社，使用除了傳統消息來源之外，更採用多元消息來源，其中包括：商業線上資料庫、電子布告欄、網際網路、電腦光碟、電子資料室、報社資料庫和電子公共紀錄。主要功能用來作為：尋找消息來源、原始資料、統計、背景資料、文本消息、特定人的消息及事實查證等。

二、增加新聞精確度與深度

透過在網際網路上尋找消息，記者可以很快報導具權威性的新聞，從網際網路上的各種資料庫、數字和圖表，可加強精確新聞報導正確性和深度。換言之，可提供讀者更有深度、更有可讀性的新聞（Reddick and King, 1997：5）。

報紙的內容通常被指為膚淺，缺乏有用的事件歷史背景，而為了加強此深度，必須加強對某一主題的研究，而電子資料庫正好提供了比傳統印刷資料，更深入的資料、題材。然而，電子資料庫的使用，需要經過訓練的記者，才能獲取正確而有用的資訊（Neuzil, 1994：50-52）。

三、直接接觸一手資料

由線上檢索所搜尋到的資料，其資訊的數量、種類與品質，均大量地增加，此種資料的檢索可以使記者擺脫傳統來自訪問、專家、分析、評論的消息來源，可以使新聞單位直接接觸到第一手文件與報告，而非經由第三者詮釋後的資料

（Garrison, 1997：80-81）。

四、可迅速、直接接觸消息來源

儘管傳統的傳播過程中，傳播者與收訊者都是人，容易有直接的接觸、溝通，但Reddick和King指出，新聞記者將網際網路的資訊，作為消息來源，仍有四個管道可以接近消息來源：1.透過電子郵件（E-mail）；2.新聞討論區（news groups and discussion lists）；3.網路討論區（chat）；4.個人網頁（home pages）（Reddick and King, 1997：32-33）。因此，來自網際網路的消息來源，可不受地點與時間的限制，隨時上網查詢線索，而多元且複雜的消息來源，可增加新聞報導的深度。

以美國的新聞記者為例，時效性和精確性是記者衡量消息的重要標準。近年來，能否接近消息來源成為記者重要的工作，以往美國總統以固定召開記者會的方式來發布消息，使得在菲律賓、芝加哥和洛杉磯等地的記者，因地處遙遠，而不能獲得白宮的即時消息。這樣的情形隨著網際網路的發展而改變，從商業資料庫、電子布告欄和網際網路發展之後，新聞記者不管在世界各地，都可有相同的機會接近消息來源（Reddick and King, 1997：3-4）。

傳統的採訪過程中，記者與消息來源，容易有直接的接觸、溝通，但網際網路的消息來源中，透過電子郵件、新聞討論區、網路討論區、個人網頁等消息來源，可以更快速、更直接接近消息來源。

五、消息來源更快、更有效率

電腦輔助報導所使用的線上查詢對記者的另一大優點，在於電子資料庫從不打烊，記者不必再受限於一般消息來源的上班時間，才能採訪（Garrison, 1995b：76）。

記者運用資料庫查獲社會新聞中的犯罪者的資料，甚至在空難發生記者到達現場前，利用資料庫查獲住在附近居民的電話，訪問空難發生的情形。科技已令記者的工作更快、更有效率。

肆、電腦輔助調查報導

電腦輔助調查報導（CAIR）是電腦輔助報導的方式之一，亦即是以不同的方式操縱及重組資料（data），發掘許多不為人知的現象，進而提升傳統調查報導的功能，加強了媒體監督政府的力量。

CAIR的調查性報導（Investigative Reporting）乃是記者查詢比對相關的資料庫，分析其中數據所代表的意涵，針對數字分析結果的新聞點前往採訪挖掘新聞。而電腦輔助報導（CAIR）分為三個層次：

1.從政府和私營的網上資料庫、BBS，找到採訪人物、主題的資料來源、背景資料；
2.建立報館內部的資料庫，資料庫由記者從多處蒐集結合而成；

3.電腦輔助調查報導（CAIR），記者利用電腦軟體分析資料檔案，找出具新聞價值的數據。

從CAIR的發展及實際例子，可以發現的是記者們報導的主題或議題種類十分廣泛，政府的施政表現（政府提供給低收入戶的貸款優惠實施狀況、監獄系統問題等）、選舉議題（公職候選人金錢來源及花費項目）、攸關人民福祉的社會機構營運狀況（醫療品質、金融機構營運狀況）、人民生活現狀等（收入與健康的關係）都是報導的範疇。

CAIR的本質跳脫了每日新聞的框架，每日新聞必須追著最新的事件跑，但自行設定議題，讓調查報導有可能革除社會弊端，像啄木鳥一樣抓出樹木裡的蟲子，另一方面，CAIR可破除一般迷思，呈現事件內在面貌。

調查報導提供的是整體性的瞭解，分析的資料是整體性的，如果能夠輔以實地採訪的資料，報導將更完整。例如當調查報導的結果顯示某些地帶的偷車率最高、某些車種最容易被偷時，記者可到現場瞭解是否有地理上或其他因素造成某地偷車率最高或者再以個案方式瞭解為何某車容易被偷。

Newsday的Thomas Maier和Rex Smith曾經利用六個月的時間蒐集過去十一年來361個他殺個案進行分析報導；Seattle Times的Carlton Smith和Thomas Guillen也花兩年時間蒐集一宗連續兇殺案的資料進行報導，警方甚至對記者的資料庫很有興趣而自動提供資料，讓記者有更深入的新聞報導。從以上兩個例子可見，電腦可以協助記者做調查報導，讓報紙有深入且獨家的消息。

儘管電腦輔助調查報導可令記者找到獨家新聞線索，揭發鮮為人知的真相，發揮傳媒第四權監察的功能，但當記者處理電腦資料亦要注意不要掉進資料陷阱，現時在網上拿取資料非常容易，但記者不能輕易相信單一資料來源，必須多番驗證，否則會影響報導的真確性。

電腦輔助報導如刀刃的兩面，若是記者沒有經過充分的查證訪談就妄下斷論、一昧尋求合理化自己假設之證據的話，將會使得報導內容失之正確，更遑論要能為社會正義公理來服務了。CNN記者彼得．阿奈特的「美軍沙林毒氣報導」說明了調查性報導所可能犯下的錯誤。

在利用CAR來從事調查性報導時，除了有可能發生以上所提出的弊病外，更重要的是：記者必須具有分析數據並且發現疑點的能力。資料數據的分析，不是僅靠操作統計軟體即可了事，它更需要專業的社會科學研究能力。從背景知識的瞭解、選擇資料庫樣本，一直到統計數據的分析，任何一步出錯都有可能造成記者得到錯誤的觀念，進而使得整個採訪報導走向偏頗。

「電腦協助報導」（computer-assisted reporting）可令新聞採訪變得更精彩，透過搜尋資料庫和電子數據分析，記者可以有更寬闊的報導空間，撰寫出更深入準確的文章（蘇鑰機，2000）。網際網路的出現，增加了新聞記者取得新聞資訊的機會。網路記者大量透過網路資源作為消息來源或輔助報導的工具，因而促進了「電腦輔助報導」的發展（楊志弘，2000）。

伍、電腦輔助報導應注事項

一、設法補足一手資料

記者進行電腦輔助報導時，通常會花時間在網上資料蒐集，導致減少親身訪問和觀察的時間，有研究顯示記者愈來愈依靠資料庫的資料，這會令記者慢慢失去與受訪者的聯繫，令日後採訪遇到更大的困難。而記者減少到現場採訪亦會令採訪有偏差，好像報導空難純靠第三者憶述，欠缺記者第一手現場採訪，確實不達專業水準的要求。

電腦輔助報導最大的缺點就是，時間與資源有限，使用電腦、網路、資料庫輔助新聞報導不見得是省時的，反而可能會剝奪以往待在新聞現場的採訪時間。對於編輯而言，往往處理技術性問題的時間占去追求新聞的品質的工作時間。長期對於數位資料來源的依賴，也會導致新聞的單一化、抽象化。因此，更好的科技與更好的新聞的關聯性不見得會存在。

二、設法提升新聞品質

網路電子報記者必須同時具備攝影的、錄製影片的能力，他們的肩上背了各式各樣的機器。這樣的情形顯示，科技應用讓記者工作量上升，可能沒有時間兼顧新聞的品質。

使用科技確實不一定會省時，使用科技輔助新聞報導，也會占去某些提升新聞質量的時間。平面媒體記者為了網路新聞網站的要求，背著數位相機、數位錄影機、錄音機、電腦，手上拿著紙、筆、新聞稿，光是這身裝備，在下午跑過三個記者會，就差不多是超量工作了。新工作的產生，組織必須有新的資源或人力投入這些新工作。如果組織沒有資源，只依賴剝削現有的勞工，就無法達到應有的生產品質。

三、設法突破資訊近用的問題

「電腦輔助調查報導」的發展，讓記者能利用CAR進行採訪，但記者是否有無限上綱的資料調閱權呢？而對新聞自由主張的資訊近用權限，是否會侵害到民眾的隱私權或公共安全？

電腦輔助報導在發揮公共新聞學的角色時可能不當侵害了人民的隱私權方面，可由兩個層面來思考：一是人民資料為商業行為利用。當新聞媒體是大連鎖機構下的一員時，這個情形很可能發生。不過，如果人人皆可使用公共資訊的話，即使媒體不是商業集團的成員這個問題依然存在。重點在於新聞媒體要謹慎小心資料的使用，避免新聞報導後造成被報導者的損失。

北卡羅來納州威克郡在確保資訊充分流通的有效民主前提下，將官方資訊對全民不限用途地公開，再以法律規範如近用費、索求資料是否與用途相關等等細部問題。儘管不像其他政府單位刻意以收取昂貴的近用費來打壓公眾的近用權，威克郡仍訂定了幾項與北州公共紀錄法（Public Record Act）配合的施行原則以保護個人隱私與平等的近用。因此，民眾可在家利用政府的dial-in service輕鬆取得公開資訊。

四、要有資料判讀能力

雖然CAR有助於深度報導、避免仰賴消息來源的危險、充分發揮媒體監督的功能，但記者仍需對資料的可靠性必須要有判斷能力，防範資料中可能遇到的陷阱，如：對統計黑數的誤判、來源與取樣的邏輯。

探討記者可能誤用資料庫的問題包括:

1.有些資料庫的內容可能是為公關所用，是刻意訂製而成的。

2.若無專業研究人員的協助，記者可能無法正確地分析所得資料。

3.各資料庫的內容大不相同，很難決定哪個才是適用的資料庫。

“*Database Dangers*”的作者Penny Williams認為不能完全相信資料庫的數字，必須再作查證，並瞭解數字結果如何形成。記者要具備判斷資料正確的能力，例如：一個調查報告的抽樣過程中所有細節、結果如何被導出等。在運用政府的文件報告時，記者也不能胡亂分析，導出錯誤的結果。

五、注意資料的查證

與傳統媒體相較之下，就技術面來看，網路消息的查證的確比較容易，記者可查每封郵件寄件者的e-mail address，甚至還可從ISP調出寄件者的紀錄……。

由於每封e-mail都有寄件人、轉寄人的聯絡資料，記者只要按封索驥，很容易找到消息來源。記者對於網路消息來源的查證，會比對於傳統匿名電話、文件容易許多。

雖然技術方面可以較容易對網路訊息進行查證，但由於以下幾點原因的影響，使得網路新聞記者會較傳統媒體記者易疏忽了消息來源查證的工作：

1. **截稿時間（Deadline）的限制**：由於網路新聞的即時性要求，記者發稿的deadline緊迫異於往常，容易疏於查證工作，此時若是新聞編輯再不好好把關的話，錯誤頻生的窘境便不足為奇。
2. **網路記者工作心態的偏差**：網路新聞的數位文字更改容易，錯誤發生後可在彈指間便完成修正的工作，此外，現今網路的使用者多不是重要政治、經濟、社會、文化決策的制訂者，因此記者極容易產生「有恃無恐，即使新聞發生錯誤也沒啥關係」的鴕鳥心態。

傳統的媒介守門人扮演了兩個作用，一個是選擇新聞的種類，一則為求證消息的真假，也就是消除不實與錯誤的成分。電腦輔助採訪的方便，但新聞工作者仍舊要做好查證的工夫。

陸、電腦輔助報導案例

新聞與電腦的結合，記者可以用電腦來協助其採訪工作，加強其新聞報導的內容，這就是所謂「電腦輔助新聞報導」，亦即記者依靠電腦的輔助，可以很快的蒐集資料，並且加以分析，在電腦輔助下，記者可以提出比較有深度的問題，並做出深度的報導，在美國就有許多運用電腦輔助新聞報導的例子（汪萬里，資訊科技與大眾傳播）。

案例一：利用電腦報導最容易出車禍的地點

明尼阿波里斯一家電視臺的記者考斯克看到一則報導說，亞特蘭大的美國疾病防治中心認為青少年喝酒容易失去控制，因此反對發給十六、七歲青少年駕照。

此則新聞給了考斯克靈感，他立刻利用電腦查詢人口調查局的光碟片資料，找出九年來明尼蘇達州十多歲青少年交通事故的資料，根據這些資料，他計算出交通事故的比例，並將各郡的資料編成圖表，只有幾個小時的時間，他已經找到了可以深入報導的新聞資料，例如在明尼蘇達州青少年最容易酒醉駕車的失事地點是一個偏遠的農村，而最嚴重的時間是高中舉行畢業典禮的期間，他將這些資料整理成當天的頭條新聞。

案例二：利用電腦將專有名詞轉換成簡單文字

南卡羅萊州的史巴坦堡《前鋒新聞報》發展了一套度量衡轉化軟體，可以把古代的腕尺，甚至是太空學家的光年，轉化成通俗的用語，這些可以幫助記者清楚的向讀者報導一些專有名詞，《前鋒新聞報》還設計了數字和百分比換算的軟體，這對記者處理各種統計數字來說非常方便。

美國的新聞媒體工作者在新科技的衝擊與訓練下，每個人都知道，只要在電腦鍵盤動動腦筋就可以將一篇普通的文章寫成一篇深度的報導，這對臺灣的媒體新聞工作也是如此，成為一位傑出的記者，必須要有決心，付出心血來學習電腦的一些新技巧，並藉著電腦的長處與靈活的思考方式，才能達成「不可能」的任務。

一、深度報導的資料蒐集策略，除了本章所敘述的方法外，是否還有其他策略？

二、數位化與全球化的發展下，電腦如何在深度報導上協助我們達成採訪寫作目的？

三、深度報導使用電腦輔助採訪時要注意哪些事項？

第 4 章

深度報導採訪

深度報導和一般新聞報導一樣，最普遍採用的是面對面的採訪，也就是透過訪問或面對面的交談方式，去蒐集有關問題之看法或意見。與一般新聞採訪不同的是，深導訪談是進行有結構的深度訪談。

根據教育部國語辭典「深度」是對事物理解、體悟的程度。「深度報導」則是融合各種角度的資料，所作充分而精確的新聞報導。深度報導不但以豐富的新聞背景資料，對事實與情況加以分析，並能大略指出事情未來的發展。如：每家報紙皆對重大新聞作深度報導。

一般「深度」是相對於「表面、膚淺」而言，表面膚淺者大家都看得到，因此深度表示無法一目了然，而是須進一步挖掘、探究、深思的現象、情境，而且通常是探究事件的深層的原因、結構、狀態，而且屬於心理（個人或社會）層面。

進行深度報導前必須進行資料的蒐集，而新聞媒體蒐集資料最直接的方式就是針對特定對象進行「採訪」。

第一節 深度報導採訪原則

深度報導採訪時要不屈不撓打破沙鍋問到底，成功的深度報導採訪應注意下列的幾項原則：

一、建構訪談人脈關係

深度報導的訪問最常遇到的困難就是找不到採訪對象，找人是相當痛苦，因此人際（人脈）網絡相當重要。另外，採訪找不到人的求救方法：從資深的記者、前輩中尋得消息；從重要人物的祕書、公關機構或政府發言人士；另外一種方法，誰是否曾經作過相關報導，這就像同學找資料一樣。自己要建立一個尋正常管道找人方式，不一定同公司、同單位，可從同業朋友中請教；通常政治人物較好找，因都有其辦公室。若被拒，需要時間與耐心，存乎各人一心。而找不到人時，平面可用電話訪問，有一個溝通的機會；但電子媒體就較麻煩，只有退而求其次，只有聲音。

二、取得對方的信賴

在採訪前多花時間讓對方熟悉瞭解目的動機，比在完全陌生的情況下，效果會好的多，儘量溶入對方的想法與觀念，表達出來的感受也會很深刻。之後的追蹤報導，是較細心的作法，一位記者與受訪者保持聯絡，將受訪者當作朋友，而不是一位新聞上的利用對象或工具。如此的方式，切合度會較密集，這樣才會達到深度報導的效果。

三、與受訪者先溝通

訪談前要先和受訪者做好事前的溝通，例如：向受訪者說明自己的真正來意，並闡述其深度報導的動機和內容，避免讓對方在後來的訪談過程中，產生勿上賊船之感。偶爾我們也會見到一些媒體，為了達到某個預設的目的，而特別透過一些訪談技巧，讓受訪者照著預先設定的途徑回答，我想這些都是應該避免的，畢竟，報導一旦經刊登或播出，受訪者一旦發現自己受騙，輕則將你列為拒絕往來戶，再也不願接受你的採訪，重則有可能鬧上法庭讓自己吃上官司。所以，「良好的溝通」絕對是做訪談的必要條件之一。

四、注意受訪者感受

例如受害者與家屬，某些不願說出的事該替他保留，才會方便取得下次的採訪機會，如果報導出不是事實或無保留，會對受訪者造成傷害。現在平面的深度報導有一個很大的缺點，不夠細心，不夠從受訪者的角度來思考，沒有以同理心來對待他，這樣一來，一次的報導就無了。但好的深度報導或好的記者，應該是有追蹤後續報導。

五、擬訂訪談策略

怎樣的報導或訪談結果才稱得上有深度？與一般大多數人瞭解的不一樣。以「旅行」為例，旅行的定義：中華民國88年國人國內旅遊狀況調查報告「國內旅遊定義是個人離開日常生活環境（指居住的鄉鎮市區），至國內某地從事旅遊活動（包括休閒、遊憩、渡假、公務兼旅遊、宗教性活動、探訪親友、健身醫療等），時間不超過一年者」。

對於此一則簡單新聞如要進行深度報導，那麼深度報導的採訪就要進一步問：為什麼要探訪親友？為什麼要自我充實？為酬勞自己的辛苦？尋找新鮮、新奇、刺激？改變生活情境？……可能為利、為情、為虛榮？為擺脫一些日常生活困境等？滿足生理、心理的需要？進一步再問：為何有上述生理、心理需要？為獲得某種心態、情境的平衡，如日常生活忙碌緊張，去旅行，輕鬆一下。

事實上，深度報導如果要獲得有意義的深度內容，事先擬訂一些訪談策略是有必要的，以下幾個策略供參考：

1. **環境營造**：首先我們要將採訪的環境安排到最為舒適的環境。其實以採訪者較為熟悉的環境為佳，這樣採訪者較有掌控權，一般受訪者均會邀請採訪者到自己家或是公司，這樣的環境除非是要採訪受訪者私人的專題才較為適合。
2. **話題引導**：採訪者想要知道的答案，特別是較尖銳的問題，一定要先從受訪者想談的、想聊的開始著手，接著再慢慢的一步步引導到你要問的題目和問題。

3.**角度切入**：從話題引導中找出受訪者回答的答案再切入採訪者要的答案的角度，這並不是誤導受訪者的答案，這是採訪者由他要知道的真相來問問題，因為記者有其立場採訪深入報導真相。

4.**找出衝突性**：在採訪事件的時候，第一要件是要瞭解這個事件的衝突性在哪裡？也就是最令人感到質疑、異於常態的地方在哪裡？這樣才能找出方向採訪。

5.**反歸問題點**：當在報導事件時候，它不像採訪人物一樣，只要採訪人物的意見或是看法即可，我們必須從記者本身「要得到怎樣的報導」來推回至「要從怎樣的角度切入」。這樣才能寫出一篇吸引人的深度報導。

6.**問重要問題**：聊天式的問答，是深度報導最常運用的模式，但這是事先與訪談對象有約的成果，訪問知名人物有時要靠時機與靈敏，譬如李遠哲就站在你面前，給你二十秒，要你問出可供深度報導寫作的問題，這時候你能不直接切入核心發問嗎？

7.**問一些特別的問題**：不要問「你的生意好不好」，要預先知道他的生意好不好，再問「你生意特別好，有沒有什麼訣竅」。或者問「聽說你橋牌打得很好，還得過獎牌，這對你經營生意有沒有幫助？」。

六、訪談注意事項

新手進行深度訪談時常會出現一些思慮不足的問題，以至於無法蒐集到有意義的訪談內容，一般而言，深度報導訪談時最常發生的的問題有如下幾項：

1.**易從同情的角度來想**：例如犯罪人物的故事，或是爭議中的兩造雙方，記者常會不自覺的偏向一方，失去自己公正的立場。

2.**沒問到重要的問題**：而訪問過程中，或準備的資料不夠詳細齊全，而問了一堆可能無關緊要的問題，對於內容無較明顯的幫助。因此問不到主題，掌握不到重點的錯誤也要避免。

3.**題材人物的適當性**：沒有抓到最重要的人，最強烈、最核心的人。如核廢料的問題，找一個蘭嶼居民與臺東人有其差別與強度上的不同。訪問當事人是重要的，也許當事人的朋友在報導上有輔助性的效果，那篇幅的比重要清楚，重點在哪要注意。

4.**深度報導不能先有結論**：先有了結論，才去找證據來支持你的論點，這是最容易犯的錯誤。深度報導的採訪中，可以先有一個假設疑問，因為在採訪過程中，也許會推翻自己的原有觀點。當然主觀的意見必須有證據，有憑有據才是好新聞，加入自己的意見，但不是從頭批評到尾，這樣的深度報導才有說服力。

5.**沒有平衡報導**：一篇深度報導裡一定要有第三者才是平衡報導，因為深度報導不是為當事人或任何利益團體說話、平反，目的是讓社會大眾瞭解事情真相。第三者可以是學者、專家……，因為民主社會裡每個人看事的角度都大不相同，要強調的是，一篇報導裡一定要有第三者意見才能banlance。而且媒體是社會公器，媒體有特權、義務要將事情真相公開，所以一定要擅用。

第二節　深度報導採訪技巧

成功的深度報導奠基在成功的訪談，深度報導訪談方式，最典型的問法是先從舒適空間（conform zone），也就是從快樂的問題談起，等受訪者慢慢卸下心防後，再提出質疑（inquire）的問題訪問受訪者，就是問些受訪者較難馬上回答的問題，之後，再一步步挑戰（challenge）受訪者，但這個挑戰不一定是要傷害，而是要受訪者面對問題，最後再次回到舒服的問題，讓受訪者得到安慰，平復心情。

訪談技巧，臺視大社會節目主持人何日生提出「單刀直入」、「夾帶導入」、「迂迴漸進」、「循循善誘」、「心理諮詢」五種技巧，來引導受訪者，另一方面，尋找最佳的切入角度，更是深度報導訪談的一大哲學。

技巧一：「單刀直入法」

這是一種與個人無關的深入訪談，所以只要直接問核心問題，一般而言，這都是學者專家對重大事件的觀點訪問。例如：某專家學者對核廢料的見解或是某專家學者對蘇建和案的看法。

技巧二：「夾帶導入法」

這種訪問方式，首先，是要找出受訪者想談的話題，讓這次訪問感覺是出於善意且自然的，其實受訪者是完全不知道，你真正想探尋的問題。例如：訪問吳大猷先生，對於民國50年左右，蔣介石是否指派他建造原子彈的相關事宜，訪問開始時，絕對不能直接問有關原子彈的事，因為他一定不會回答，而是要先問其生平，幫他做一個個人專訪，問他這些年對臺灣的看法、在臺灣國科會期間的種種、出國留學、教書等等……之類的問題，讓原子彈的問題包裝在他一生之中，他才會不具戒心的談到，其實當年製造原子彈之事，美國並不同意等相關的話題。

技巧三：「迂迴漸進法」

此方法就是先問一些其他問題，逐漸再問到核心，這種方法與「夾帶導入」最大不同，在於「迂迴漸進」是不怕受訪者知道採訪者的目的，你的訪問是有備而來，且有攻擊意味。例如：訪問法醫中心某位高層主管，記者事先其實已握有他貪瀆的證據，所以訪問他開始時，就問有關法醫中心成立的背景（包括其功能與意義），再慢慢問他關於經費分配與使用的問題，這時那位主管回答已漸漸含糊，之後，就冒犯問他經費剩下的錢到哪裡去？讓他明瞭這次訪問最終目的是要瞭解貪污的事實。

技巧四：「循循善誘法」

有些受訪者內心很痛苦，他是弱勢族群，是受害者，有苦說不出來，這時採訪者只能慢慢引誘，像個朋友般來瞭解聽他訴說，這種方法需要表達關心之意，要問的和緩、遲疑，甚至打結，很不忍心的問，不過這都必須是出於真誠的感覺，受訪者才會緩緩道出心事。

技巧五：「心理諮詢法」

這種方式是要提供受訪者一些觀點、解釋，當受訪者在訴說時，你要瞭解他心裡想法，並提出解釋，但這解釋不能過於武斷，而是要基於你對人性的瞭解。例如在訪問臺大的一位工友，大家稱他為地下校長，五十多歲，從小就叛逆，打架鬧事樣樣會，經常被父親責打，他說自己是大娘生的，而家中掌管權則是在二娘手上，以至於就得看二娘的臉色，他說自己小時候被打完，心情就很輕鬆，經分析他的心態，問他這是否表示其實他內心是恨父親，只是隱藏恨意，當他發現這股恨意時，又感到不安，所以當父親處罰時，反而覺得很開心，因為他的罪惡感在當時已得到釋放，他的潛意識其實是這樣的想法，我對他作了些心理的分析。這種方式，採訪者要像個心理醫生，慢慢引導受訪者說出內心的話，受訪者在說話過程中，記著不要只有聽，而是要適當的給予一點你的詮釋，但若採訪者對人性不夠瞭解，最好不要採用此方法，以免得到反效果。

在深度報導訪問最後，採訪者必須提出一些觀點，去感受一種價值觀，讓看完此一報導的人，都能感受到你的角度，一些啟發或一些反省、收穫、情感，這呈現出去，對社會是一種舒適感，例如報導一個很苦的人，看完此一報導的人內心會感到並不苦，而是有價值、有意義在裡頭，這正是做深度報導最終的目的。而如何說服受訪者接受採訪，訣竅在於找到一個角度，讓受訪者明瞭，這次訪問是對受訪者有利或對社會有益。

深度報導的訪談問題應該視自己想要關心的角度、背景，來決定要問什麼。問受訪者時，要注意其感受，Story的真實性以及當事人主觀的看法，對這三個部分要相扣。在專家學者方面，應直接問客觀的角逐意見及看法。針對一議題，專家學者的表達應精簡，不是只批評，要有交代清楚及建設性的意見。

深度報導不是為了滿足記者寫報導，而是要找出事情真相。記者本身一定要主動對人關心、觀察，去瞭解什麼事會對人有影響，多觀察、多閱讀，累積常識是記者的責任。因此，採訪能力比採訪技巧重要，如果提問題的技巧不好，一定要會聆聽，而且，在很多時刻，聆聽是很重要的，記者必須瞭解受訪者的回答，「聽」受訪者要說什麼。

問題與思考

一、深度報導注重的是深度的呈現，在進行採訪時要如何問有深度的問題？

二、深度報導的採訪與一般新聞的採訪有何不同？

三、請自行針對一個深度報導的題目擬訂採訪問題。

第 5 章

深度報導寫作

深度報導文章的寫作，主要的閱讀對象是一般的閱聽人，因此，這類報導的寫作所強調的是新聞性、深入性，最重要的是寫作時文字的大眾化，亦即對艱澀的專業術語，必須深入淺出的加以描述。

第一節　深度報導寫作內涵

新聞實務中，許多記者擅長將一則新聞稿，堆砌相關的新聞背景，拉長新聞，利用多角度來探討一則新聞，在他們看來，這些少量的新聞加上多量的新聞背景就形成所謂的深度報導，其實，這是對深度報導的誤解，新聞性的深度報導有其不同於新聞的特質。

深度報導

壹、深度報導文章應具備之特質

形成一篇深度報導的十二項指標包括：事件、背景、相關資料、說明、原因、意義、過程、分析、前因、時效、時態、以及建設性意見，從這些指標中，不難看出，好的深度報導寫作內容應具備如下的特質：

1.應具備前瞻歷史觀

一篇好的深度報導應有全面的歷史觀，除了整合過去的歷史，還要瞄準未來，說明現在。剖析歷史與現在的因果關係，並關注現實的未來走向。

2.要能關注新聞的本質

好的深度報導不只要詳述新聞的過程，還要有多面向的思考功能，最重要的是要抓住新聞事件的本質，而這種本質不是瞬間的本質，而是新聞在時空運轉中的本質。

3.要能關注新聞事件的意義

單一事件所產生的新聞意義，以及把此一新聞事件置於相關背景下所產生的另一意義，通常會有極大的不同。因此，深度報導的採訪與寫作必須注重事件與事件、背景與背景、事件與相關背景之間的聯繫。亦即將新聞事件放到各個層次的背景中去表現出它對人與社會的意義。

4.記者要對新聞價值有深刻體認

深度報導並不排斥記者對新聞事件的報導採取主觀價值判斷，但卻企求記者對新聞價值要有深刻的體認，因為深度報導所體現的是記者對於新聞事件的事實與價值的深刻體認，而觀察社會需要有價值判斷，不可能做到價值中立。

貳、深度報導寫作者的素養

對一位撰寫深度報導者，高普魯認為應具備下列素養：

1.深度報導記者必須具備人文與專業素養，才能問出好問題，寫出好文章。因為唯有專業素養才能有獨特的看法，而唯有人文素養才能有「感同身受」的體驗，文章才能有共鳴。

2.奉行深度報導者，除了要有能從角度觀察新聞的「新聞鼻」外，尚應能練就敏銳思考力，蒐集資料的習慣，事事求證，接受、培養新的觀念，以及隨時留意讀者的心理。

參、深度報導寫作應具備之內容

新聞性深度報導的寫作不同於一般新聞的寫作，主要是其寫作內容具備了一些特有的特質與觀念。好的深度報導文章寫作應具備深度與廣度。

一、深度報導的廣度

好的深度報導寫作，杜駿飛（2001）認為深度報導應具備下列九項內容；

1.**新聞事件**：即新聞事實的主體。

2.**新聞背景**：即新聞發生的前因。

3.**新聞前景**：即與此新聞事實相關的其他新聞。

4.**新聞過程**：即此一新聞發生的演變過程。

5.**新聞分析**：即對此一新聞事實所做的主觀評價或意見陳述。

6.**主觀感性**：即新聞工作者在感覺上所得到的具體印象。

7.**新聞預測**：即新聞記者根據現有的新聞事實及相關材料對未來的預言。

8.**新聞圖像**：即與此新聞事實相關的圖表、照片、影片、聲音等。

9.**新聞對策**：即記者對於新聞事實所採取的現實化意見。

二、深度報導的深度

深度報導要有深度必須先確定核心問題，並賦予它「意義」。對於初學者在嘗試寫深度報導時，常不小心流於「廣度報導」的問題上，深度報導寫作者無法將新聞朝深度方向發展，除了欠缺素養與經驗外，初學者無法掌握「核心」的觀念可能是最大的問題。

1.掌握議題核心問題

深度報導最大的特色就是它的「核心問題」，整篇深度報導就像一個大樹一般，最重要、也最精華的就是「根」。它的重要性，在於替讀者問「Why」、「How」等疑問，其他諸如數據、場景、故事、證據等等，就好比枝幹、枝葉一般，都是由「核心問題」發展出來，替它做說明和補充的用途。

「核心問題」是深度報導中，最迫切、也最想問的問題，而非比較次要的問題，整篇報導的主軸都是圍繞在它上面打轉。該注意的是，「核心問題」如同在選擇深度報導的題目上，也應該注意「意義」的原則。要賦予它某種特殊的「意義」，讓整篇文章具有可讀性很重要。沒有意義，就沒有什麼可讀性。

判別深度報導整體結構是否完整問題，這跟經驗有關，如讀的通不通順、是否一氣呵成等。亦可以由上面所提的一些重點來分析，例如整篇報導核心為何？證據、數據、故事等佐證材料夠不夠充分表達、分析和評判核心問題？這些都是可以用來判斷深度報導整體結構夠不夠完整的方法。

2.要有辯證的觀念

一般報導與深度報導的不同，前者僅止於客觀的事實描述，後者必須具有「洞見」。所謂的深度報導要談的是「辯證」的東西，即用不同的角度來看一件事情可能有不同的解讀。

新聞報導與深度報導題材的來源通常是跟著新聞走，唯深度報導切入點必須有所不同。譬如報紙說政府要廢公娼，在做深度報導時，便可以站在自由派女性主義和激進派女性主義的角度，來說明廢公娼是對或不對。

辯證是屬於哲學的一環，做深度報導的記者對哲學要有相當的認識。而要如何做深度報導？多看剪報，瞭解新聞的走向，然後必須抓出其中一個重點做進一步的探討。譬如說報紙報導醫生不夠，深度報導便可以針對密醫猖獗、危害社會的問題加以敘述，也可以報導各大學不斷加設醫學院，或是從成藥是否氾濫來探討，從每個方向著手都會發展出不同的體系，由於講求深度，因此它通常比較窄，無法囊括各方向。

第二節 深度報導寫作原則

不論是「獨立文本」形式的深度報導，或「組合式文本」形式的深度報導，在寫作上有其不同的方式，但在某些方面，卻又有共同特色，有其普遍規律可循，而這些寫作的共同規律是記者在進行深度報導寫作時必須關注的原則。這些規律可歸類二大原則；第一，對背景素材的選用原則。第二，敘述方式使用原則。

壹、背景素材選用原則

新聞寫作向來強調背景的選用，新聞背景相對於新聞主體而成立，新聞主體依託於新聞背景而產生意義。深度報導對於背景的使用，不僅在藉用背景材料產生生動或全面的閱聽效果，最重要的是，深度報導在藉用背景資料來強調新聞的意義。所謂新聞背景（news background）是指能說明新聞主體的相關事實。杜駿飛認為，深度報導使用背景時必須採取「全背景」的報導方式。而全背景的報導會產生下列的具體作用：

1.全背景讓受眾清楚瞭解事情的來龍去脈。

2.全背景幫助受眾深入理解新聞事實的內涵。

3.全背景可以讓受眾瞭解新聞事件的發展趨勢。

杜駿飛所主張的全背景包括：

1.**宏觀新聞背景**：指新聞發生時所處的時代背景與社會背景。

2.**中觀新聞背景**：指與新聞事件、新聞人物相關的社會、文化和政治背景。

3.**微觀新聞背景**：指在新聞人物身邊附著的，與新聞事實密切相關的細節。

4.**採寫過程背景**：指採寫過程背景有助於再現新聞全貌，使受眾產生立體、可信的感知背景。

綜合上述背景的原則，深度報導常用的背景包括：

1.歷史背景

今天的事物是昨天的發展，當前的新聞往往是前一段歷史的延續，因此，瞭解歷史背景對於記者解釋和分析問題與理解新聞事件本質會有很大幫助。而歷史背景主要的類型有；(1)新聞本身的歷史背景。(2)與本事件相似或相關為人所知的歷史資料。

2.社會背景

新聞事件不能脫離人類社會而存在，它的發生總是和當時社會的政治、經濟、文化背景有關係，因此，以社會背景的橫向聯繫角度來看新聞，對透視新聞本質具有相當大的意義。

3.個人背景

任何新聞都離不開人的活動，不報導新聞中代表性的人物，就無法使新聞變得生動，而人物的撰寫往往需要交待人物的背景，因此，個人背景的說明在深度報導中常有畫龍點睛的效用。

4.知識背景

對於專業的知識，受眾很少具有這方面的知識，如何將艱澀的專業知識「深入淺出」，不會讓受眾看不懂，也不會讓專家覺得太淺，記者必須懂得使用專業知識背景，深入淺出的帶出主題。

貳、敘述方式使用原則

深度報導往往篇幅較長，文字較多，要吸引受眾不厭其煩看下去，除了內容要有意義外，文章的撰寫也必須注意敘述方式，杜駿飛認為深度報導需要注意敘事化、表達化、與語言修辭化的技巧。

一、敘事化

深度報導的敘述結構是自由的，因此，對於新聞事件的敘述也依新聞的性質不同而採取不同的敘述方式，而故事化的敘述在深度報導中被廣為運用，例如：1930年獲得普立茲獎的「也許這個案子中還有一個女人」就採取了故事化的敘述手法，這篇報導以偵探敘述視角進行寫作，並獲「最完美的報導技巧」之評價。

深度報導的寫作，可將其概略的分為主題與故事兩部分：主題是記者陳述事件中心的部分，有時常可以括弧引用受訪者的意見、說法，佐證中心主題；故事，包含資料（數字）、人物、例子，這一部分，常可藉故事性的特點，一方面軟化、輕鬆冗長的報導，另一方面，支持或反對主題部分的中心思想。

「遠見，或者天下雜誌，一種強烈的『深度報導』寫作風格—故事性。」《新新聞雜誌》記者黃慧娟說，《遠見》或《天下》的文章，字數通常多得嚇人，如果不使用一點故事性的敘述，來輕鬆、軟化讀者的閱讀情緒，恐怕他們才看三分之一，就會看不下去。

二、表達化

深度報導在進行場面和人物描寫時，在選用背景資料解釋新聞事實時，常常會採用多種表達方式，使報導多彩多姿，而深度報導在描述的表達上通常會採取「描寫」與「抒情」二種表達方式。

三、修辭化

修辭手法是深度報導中相當重用的寫作方式，修辭手法使報導中那些抽象的事物變得具體，增加報導的說服力與魅力，並可改變報導的節奏，使報導更加適應受眾的閱讀習慣。

任何新聞寫作，在記者下筆的那一剎那，就已經有立場，這是很自然的事實；尤其是深度報導，記者常被要求在新聞裡頭要少下形容詞，當然深度報導也不能例外，但是一篇優質的深度報導，形容詞少得過頭，也是不行的，因此如何在認清「報導有立場」的前提下，把深度報導寫的好，是一門藝術。

而深度報導中常用的修辭手法有比喻、擬人、對比、引用、象徵、聯想、反問、使用典故等手法。

參、文章寫作技巧

一個好的深度報導，取決於記者懂得多少。記者對於所要探討的題材瞭解得不夠深入，告知觀眾就僅是表面很淺的報導，沒有什麼特別之處，換句話說，記者懂得愈多，所作出來的報導就會愈深入。

一、切入主題再深耕

深度報導文章要寫的好，記者必須懂得先切入主題再深耕，在主題前，最基本的就要先對所要採訪的題目有初步的認知，不要不深入還說是深度報導，尤其切忌犯了錯誤，這樣不僅讓大眾知的權利受損，更甚者會帶給知的大眾負面的影響。

深度報導寫作在切入主題後，再往下拉出面，要將深度報導的層面深入，不應求廣，而是應該為一個點，切一個點，點切進去後為一個主題，切到主題後，往下紮根、往下探，探到一定的深度後，自然就會拉出一個面，如此一來，深度報導所囊括的才會完整。

二、高普魯寫作八要點

深入報導並非是參與者或鼓吹者，而是作者根據觀察結果或記錄之資料進行分析與闡明其意義，因此：1.作者根據訪談結果所得的資料不免需要分析下結論，但要避免主觀。2.作者對所得的訪談結果要從各種角度分析，不要預設立場下結論。

高普魯（1964; 7）曾列出八點深度報導寫作要點：

1.列述報導綱要，發現寫作重點。列出寫作綱要才能抓住要點。

2.導言要有助於新聞報導的推展，要為往後的情節留下伏筆。

3.找出結尾之處，以便預知新聞寫到何處即應結束。

4.如果真有助益，先將結尾寫出。

5.留心內容的每一個高潮，以便能在說明要點之後不再拖拉不停。

6.留意枯燥呆板的部分，試看能否加入新聞趣事和好例子，使報導能更增加光彩。

7.注意轉承之處，一項複雜的新聞，如因轉承不當，會令讀者迷失其中。

8.已完成的作品要多唸幾遍，直到能自然表達為止。

三、多寫WHY與HOW的情節

《新新聞》記者黃慧娟認為深度報導寫作首重WHY與HOW的敘述，黃慧娟說，《遠見》或《天下》的文章，字數通常多得嚇人，如果不使用一點故事性的敘述，來輕鬆、軟化讀者的閱讀情緒，恐怕他們才看三分之一，就會看不下去。以「流浪狗」主題為例，流浪狗的主題有很多，「流浪狗的『環保問題』」、「流浪狗的『人道關懷』」都是，你不能只停留在「要做流浪狗」而已，深度報導著重WHY與HOW的新聞寫作模式，因此主題想得深，格外重要。

深度報導的寫作，黃慧娟將其概略的分為兩部分：即「主題」與「故事」。主題是記者陳述事件中心的部分，有時常可以括弧引用受訪者的意見、說法，佐證中心主題；故事，包含資料（數字）、人物、例子，這一部分，常可藉故事性的特點，一方面軟化、輕鬆冗長的報導，另一方面，支持或反對主題部分的中心思想。深度報導撰寫的樂趣就是：「充分享受那種站在事件末端的清楚感覺。」

肆、深度報導寫作範例

深度報導寫作時，最重要的是以各種不同的角度，對新聞事件，加入記者或學者專家的意見，加以分析、解釋，以報導新聞所隱含的意義，「將新聞帶進閱聽人關心的範圍以內，告訴重要的事實、相關的原故以及豐富的背景資料。」

今天，閱聽人所渴望的一則新聞，如同我們吃飯時，希望骨頭上帶肉，看風景時希望樹木葉枝扶疏一樣，因此，在深度報導新聞時，除了告訴新聞大綱外，也告訴他細節，告訴他普通之事也告訴他特殊的事情。

在深度報導新聞時，報導馬戲團的矮子時，除了報導他的薪水外，也要報導在這高人一等的社會裡，矮子生活中遭遇到的困難。

在報導一位百萬富翁揮金如土的生活時，也要記得描寫他看到菜單上價格時是否面有難色。在報導北極圈內的景色時，不只描述到處的熊和鹿，同時要記得寫當地居民如何洗衣服。以下是深度報導寫作的範例供參考。

一、標題：要有新聞性與深度感

※花好月圓失身日　傷心後悔墮胎時
※代理孕母不孕者的希望　顧小春傳奇
※墜落凡間的孤星　自閉兒的美麗與哀愁
※生死一瞬間　急診室的喜與悲
※問世間　情是何物？　單身中年女子的深度告白
※如果還有明天　你想怎樣裝扮你的臉
※最貧窮的購物狂　月光美少女
※快樂還是沉重？　透視大學生男女同居

二、引言：找出一段最句代表意義的內文

標題：天使身上的印記　被火紋身的小孩　■陳依凡
引言：如果這樣的一點真愛，還要經過痛苦和忍耐，我不知被火紋身的小孩，他還能有多少的希望存在？我在期待，用愛和行動來關懷，他的現在、他的未來，就在你我的關懷。

標題：如果還有明天　你想怎樣裝扮你的臉　■羅大偉
引言：

人生是條長路，過程要走得精彩、走得豐富；

深度報導

生命是首小詩，句點要下得完美、下得無悔。

標題：問世間　情是何物？　單身中年女子的深度告白
■林冠廷

引言：為什麼眾多男士追求的美麗女子A小姐到四十多歲還未婚？
為什麼施寄青說選男人就像選電視機、音響、冷氣機，越是複雜多功能就越容易壞掉？而且婚姻將進入「游牧時代」？

標題：遺愛人間　器官捐贈卡　■唐滋蓮

引言：有人問證嚴法師：「聽說人死了要保全屍不要移動，如果作器官捐贈的話就不能保全屍，那會容易下地獄？」證嚴法師反問他：「你有聽過救人的人會下地獄嗎！」

標題：墜落凡間的孤星　自閉兒的美麗與哀愁■黃筱婷

引言：自閉兒又被稱為「星星兒」，他們就像天上的星星般，表現出疏離、孤立的特質。然而，每顆墜落凡間的星星，都會選擇他們的父母；從出生那一刻起，便注定要與這奇特的生命體，一同承擔一輩子的人生課題。

標題：黑暗中的音樂精靈　■黃裕惠

引言：生命因缺憾而美麗！許多的成功未盡全然出自於天生的聰明或幸運，而是以勤補拙，胼手胝足砌鑿出來的。上帝造人有時也會糊塗出錯，有些人，先天上就會有身體上的某些不便，但是，這些生命會因為缺憾而更懂得珍惜，並因為後天的努力而更顯美麗。黃東裕與曾宜臻都是雙目失明者，他們的眼睛雖然看不見色彩，但是，他們憑著自身的努力，為自己打造出炫麗的音樂天堂與生命，在他們的面前任誰再也不敢篤定的說，失去雙眼的生命一定也失去色彩。

三、结尾：能給予人一些啟發意義

標題：萬元皮包輕鬆抱　十元善行吝嗇花

結尾：不管景氣好不好，有錢人依舊出手大方，生活困苦的人仍然為三餐而愁。看著在街頭販售物品的肢障人士、老人家，不難發現—路人是他們掙錢的資源，用過路人的同情心換取他們的工作機會，也許只要省下十塊錢，便能替他們點燃延續生命的火柴。

當我抱怨著今晚菜色不好的同時，也許有人已經好久沒吃過米飯，當我煩惱天氣冷，要穿哪件外套的同時，也許有人連禦寒的冬衣都沒有，這一次採訪讓我有深深的體悟，不再老是不滿足，不會總是愛挑剔，懂得滿足，珍視眼前所擁有的一切就是莫大的幸福。

標題：代理孕母不孕者的希望　顧小春傳奇

結尾：當未觸及新聞領域時，往往聽聞一則新聞報導或看見社會某一現象後，從不會追根究底，仔細思考背後的涵義。現在想想，發現許多新聞本身其實參雜著複雜的因素，就如當年看著電視劇姻緣花時，只會一昧的大罵顧小春，殊不知真實的生活中，代理孕母竟然隱藏這麼多的社會問題。

也許這就是當記者快樂的地方，挖掘真相，追根究底，所以我很喜歡王育誠主持的「社會追緝令」，打從心底佩服那些記者，希望有一天自己也能夠成為其中的一份子。

標題：黑暗中的音樂精靈

結尾：還記得幾年前文化大學因被某雜誌評為十大爛學校之一，而引起社會一陣討論之聲，校方的因應之道是加強審核聘任教師的專業資格，但是，在批評聲浪與激動的言語中，身為學生的我們似乎忽略了自身的努力與否，才是打開成功之門的鎖鑰！從黃東裕及曾宜臻兩人的身上，便可以得到最佳的例證。

黃東裕與曾宜臻都曾是文大音樂學生，他們雖然目盲但心不盲，他們的成功不是因為家世，也不是因為學校的好壞與否，而是憑藉著自己的努力，掙取一分一毫的進步與成就，這是身為明眼人的我們最容易忽略的。無論是先天的能力或是後天的環境因素，我們都忽略了，歡樂的果實終須經過汗水的試煉，而生命的高貴來自於自身的努力不懈。

一、深度報導的寫作內涵是什麼？

二、深度報導寫作要注意哪些原則？

三、如何讓深度報導的文章寫的更有深度？

第 6 章

深度報導文本形式

從深度報導的定義與發展可以瞭解，深度報導基本上是由於對客觀新聞報導方式的不滿，並在調查性報導、精確性報導、解釋性報導等新聞思潮中擺盪發展而來，因此，其寫作形式也是源自於對上述這些報導形式的修正，所以在探討深度報導的寫作形式前，應先瞭解深度報導寫作可能使用的文本形式。

一般而言，從形式來看，深度報導可分為「獨立文本形式」與「組合式文本形式」兩類。獨立文本形式的深度報導種類繁多，有人將獨立文本深度報導的寫作形式分為「解釋性的深度報導」、「調查性深度報導」、「預測性深度報導」、「分析性深度報導」、「評論性深度報導」。亦有人分類為；「解釋性的深度報導」、「調查性深度報導」、「預測性深度報導」、「獨家性深度報導」、「服務性深度報導」、「新式深度報導」。這些分類方式之差異主要是來自於對深度報導解釋之不同。

上述二種分類方式，「解釋性的深度報導」、「調查性深度報導」、「預測性深度報導」是屬於共同認知的部分，不過，預測性深度報導是對新聞未來的發展進行前瞻性的推論，此種推論在任何形式的深度報導有需要有所交待，因此，不應列為獨立的深度報導文本，而「分析性深度報導」、「評論性深度報導」與解釋性報導其實差異不大，「新式深度報導」亦即「新新聞學深度報導」，報導方式著重在文字敘述的表達，與深度報導的精神有較大的差距。本章對深度報導獨立文本的寫作形式將分為「解釋性深度報導」、「調查性深度報導」、「精確性深度報導」三類形式加以論述。

第一節 解釋性深度報導

1930年代，社會的複雜化使得人們對純淨的客觀新聞報導方式表示不滿，人們希望新聞除了報導事實外，也應對新聞事件提供更充分的背景資料，並加以解釋，讓讀者很清楚的瞭解新聞內容與意義，所以促成了解釋性報導的出現。

壹、解釋性報導的沿革

依新聞報導形式來說明美國報業的發展，美國第一階段的報業應為「政論性報紙時代」，第二階段為「報導性報紙時代」，第三階段則為「解釋性報紙時代」（杜駿飛，2001）。事實上，美國解釋性報導是源自於社會對客觀性報導的不滿而興起的另一種新聞報導形式。

美國媒體大王亨利・盧斯當時已看到客觀性報導的侷限，所以在1923年創辦《時代周刊》時，即鼓勵記者採訪時要探求新聞事件的背景與意義，做一個新聞的「報導者」與「闡釋者」。因此，該報對於一些新聞報導都採取了解釋性的報導方式，並對一些重大新聞做了許多精闢性的分析，為《時代周刊》贏得大量的訂戶，當時報紙解釋性報導也開始出現。

1929年發生「經濟大恐慌」，由於報紙沒有對此一新聞做進一步的深入觀察報導，讓大眾瞭解美國經濟衰退而預作準備，致使民間一無所措，這使得報紙更深切體認，報紙除了要提供客觀的新聞報導外，還必須深入的分析新聞的意義。美國《紐約時報》編輯馬凱認為，新聞若只限於事實的報導，沒有進一步的分析將缺乏深度，事實上，「事實下看到的，解釋是知道的，意見是感受到的」，解釋性報導是依據事實進行報導，因此，並不違反客觀性報導原則。

1930年，美國羅斯總統在推行新政時，美國新聞界漸漸感覺到對於政府所推行的重大措施如果沒有加以解釋，則讀者可能無法理解新聞的意義，尤其是對那些嶄新的觀念、繁雜的法令規章，新聞界無論是支持或反對，都必須加以解釋，尤其是在第二次世界大戰之後，新聞界更加體認解釋新聞報導的重要性。

1931年，美國《太陽報》開闢了專欄，每周對重大新聞進行分析解釋，這被認為是世界上第一家報紙採取解釋性報導。

1938，美國西北大學教授麥道高（MacDougall）《解釋性報導》一書問世後，至第一次世界大戰結束時，解釋性新聞報導已成為新聞普遍採取的報導方式。

曾為《紐約論壇報》寫專欄多年的名政論家華特·李普曼就曾說：「將事實與意見加以區分的這種老派看法，並不符合真實情況需要，現在的社會已經變得如此複雜，如此難以理解，因此，報紙需要在報導新聞之外，更加以說明和解釋。」

以主持民意測驗知名的蓋洛普博士對於解釋性新聞也提出他的看法，他說：「新聞中應該包括更多的背景與更多的解釋，乃是言之成理，讀者需要瞭解新聞，才能認識新聞的重要性，他們不需要偏見，解釋性新聞是可以完全不含偏見，正如新聞的取捨的過程亦應不含偏見一樣。」

曾任國際新聞學會會長的《紐約時報》星期版的總編輯萊特·馬凱爾在一次集會致詞時，曾舉例說明「新聞、解釋、意見」的不同。他說：報導蘇俄正在發動一次和平攻勢，這是「新聞」。說明蘇俄為什麼在這個時候發動和平攻勢，這是「解釋」。表示對任何蘇俄的和平試探都應加以拒絕，這是「意見」。馬凱爾說，解釋是新聞版面不可或缺的，沒有解釋，新聞就不夠完整。

西方新聞學家普遍認為「解釋」的目的是在使一般的受眾易於瞭解新聞，讓記者兼受眾的閱讀顧問。但解釋性新聞並不是要記者對新聞加以評論，而只是加以解釋，而這種解釋是根據事實來解釋事實，而不是記者主觀的解釋。因此，解釋性新聞中的「解釋」是有其特殊涵義，即「以相關事實來解釋，而不是用觀點來解釋」。解釋性新聞的「解釋」相較於評論性新聞以記者的點和推理去「解釋」新聞是有所不同的。這正如同《紐約時報》星期周刊總編輯馬凱所說：「事實是看得到的，解釋是知道的，而意見是感覺到的。」

歸納學者對解釋性新聞的意見，解釋性新聞應是對於事實的分析，是依據基本的新聞事實，而不能隨心所欲的解釋，所謂主觀意見絕不是指記者在作品中表現強烈的意見傾向，而是呈現出某一事實、意見的多種可能性，並且依據事實加以解釋。

解釋性報導最大的困難是要求記者必須具備有學者專家的專業知識與技術，對於社會問題的分析要懂得運用何種工具進行分析，同時要有專業知識才能進行深入的解釋。最困難的是，要適度的把握解釋的尺度，解釋過度，報導就變成評論，解釋不足，報導又喪失文本的價值。

貳、解釋性報導的涵義

解釋性深度報導是深度報導中最重要的一種文本形式，而此一文本寫作形式最重要的觀點在於「解釋」的涵義。

在新聞字典中，「解釋」一詞的字義是「依照自己的信仰與利益的判斷性解釋」，此一涵義與深度報導所主張「記者不評論新聞，只解釋新聞意義」精神有所違背，而西方新聞學家普遍認為，「解釋」的目的在使受眾易於瞭解新聞，因此，解釋性深度報導的寫作，記者的責任在解釋新聞的意義，而不是在評論新聞。最重要的是，記者解釋新聞的意義是以相關的事實來解釋，而不是以主觀的意見來解釋。

瞭解了解釋性深度報導中「解釋」的涵義後，接著而來的是：「解釋性深度報導要解釋什麼？」「解釋性深度報導要如何解釋？」

深度報導的記者必須具備有專業的知識，能夠清楚瞭解法令、財經、科技等術語的意思，才能把深奧的專業知識書寫成受眾看得懂的常識。新聞基本上是語言與非語言的傳播，從製碼到解碼的傳播過程中會出現二種情況需要加以「解釋」，第一是「新聞專業知識與名詞」，第二是「新聞的意義」。

參、霍亨伯格的解釋性報導寫作

有人認為，解釋性新聞是一種重複事實的冗長報導，也有人認為解釋性報導存在著新聞報導的主觀偏見，事實不然，解釋性報導是對新聞特殊名詞或背景，用閱聽人容易讀的詞句，將極複雜、極深奧或極片段的事實加以解釋的報導方式。

解釋性新聞報導仍是依據事實加以深入報導，因此，解釋性報導是加強了「六何」的報導，將新聞事實由「點」擴展到線與面的報導。

在寫作形式上，解釋性報導不僅提供今日的事，還要說明昨日的背景，更要說明此一事實的意義和後果，亦即加強「何事」、「何故」、「何義」「如何」的深層面，讓讀者能清楚瞭解外在世界所發生的事情外，同時也能知道事情如何發生，以及對社會所產生的影響。

由於解釋性新聞在藉由完整的故事表達，讓讀者能透過新聞的解釋、分析，以發掘新聞的意義，所以解釋性新聞的寫作要特別注意對事實的闡述與對新知識的正確解釋與深層的解釋。

記者進行解釋性深度報導寫作，除了要把複雜新聞簡單化、深奧知識常識化外，更重要的是要解釋新聞的意義。如何避免主觀解釋而形成評論，新聞學者霍亨伯格提出了他對解釋性深度報導寫作方式的幾點看法：

1.記者在敘說新聞涵義時，應在涵義之後列舉更多新聞事實加以解釋和說明。
2.對於新聞名詞或意義的解釋，記者可以在新聞寫作或播報中，進行解釋，亦可以另闢專文解釋，或在播報後進行解釋。
3.解釋性的內容如果融入主新聞中報導時，其順序應是先報導新聞，再報導解釋的部分。
4.如果新聞有多種涵義，記者卻不能確定何種意義是正確的，或者這些解釋都可以解釋得通時，不妨將所有的解釋都加以報導，由受眾自行解讀。
5.解釋性深度報導若分成「新聞事實」與「解釋新聞」二部分報導時，其新聞事實部分在解釋新聞就不必再重複。

6.以專家或權威人士的話來解釋新聞時，應清楚交代新聞來源，以便受眾能判斷其解釋的可靠性，不能以「據權威人士指出」，或「某高層人士表示」。

美國新聞學界對於解釋性深度報導的寫作方式歸納出「DEE」寫作法，D即描述（Decription），E即解釋（Explanation），最後一個E即評價（Evaluation）。

DEE的寫作特徵是：「描寫某個具體的個人或事實入手，通過對事件進行一些解釋和恰如其分的背景交待，進而點出報導主題，最後再引述當事人或權威人士的話，對所報導新聞事件作出評價，指出其意義所在，並盡可能預測其發展方向。

肆、深度報導的解釋方式

在深度報導的定義與發展源流中，深度報導一再強調「用事實解釋意義，避免主觀評論」的觀點，藉以和解釋性報導有所區別，但實務上，當記者進行解釋性深度報導時，不免由於過度的解釋而形成對新聞意義的評論，如何才能朝著「以事實解釋事實」的方向，解釋性深度報導常使用下列方式：（杜駿飛、胡翼青，2001）

一、數據化解釋

用數據解釋新聞具有相當的說服力，簡單清楚的數據常常勝過千言萬語的描述，所以調查性新聞與解釋性新聞往往採取數據來解釋新聞，只不過調查性新聞的數據通常用來證明新聞的可靠性，而解釋新聞的數據則用來解釋新聞。通常數據的提出可以達到精確說明事實的目的。例如提出某人負債二億就可以清楚說明他為何會侵占公款。

二、對比解釋

對比可以表現事實之間的差異，而差異化恰好能夠突顯單一事實的新聞意義或價值。例如「布希上臺三個月內打電話給世界上大大小小的國家領導人，就是沒有打給中共領導人江澤民」。此一對比恰好顯示美國並不想刻意加強中、美關係。

三、引語解釋

解釋性深度報導會大量使用引語來解釋新聞或強化新聞的可信度，而所使用的引語包括；1.當事人的話，2.目擊者的話，3.權威人士的話。

在使用上述三種引語時，特別要注意的是不能造假，捏造新聞來源，不註明消息來源而以「據權威人士表示」，或「高層人士指出」，是不負責任的報導。

伍、解釋性報導範例

臺指期貨即將開市　投資人應注意對股市結構性變化

備受各界矚目的臺灣股市發行量加權股價指數期貨將在7月21日開始交易。指數期貨與現行股票市場息息相關，兼具避險、套利功能，未來投資人該如何面對期貨、現貨雙軸式操作及複雜行情互動？由於期貨交易是採保證金制，風險遠大於股票現貨買賣，投資專家建議首先應建立風險控管觀念，順勢而為。

股價指數期貨起源於1980年代的新衍生性金融商品，由於交易成本低、高財務槓桿、及高流通性交易環境，提供股票投資人、基金經理人一個良好避險管道。通常股價指數期貨都是以某個特定股票市場未來某個時點的指數做交易標的合約，例如國內即將開始的臺股指數期貨，即是以發行量加權股價指數做商品標的；而初期契約又分近期8、9月份及遠期12、3、6月等，投資人可依實際需要選擇適當契約做局部避險或套利。

操作臺股指數期貨跟現貨股票買賣最大不同是其交易以保證金交易，保證金主要功能是做為清償損益的本金或是做為履約保證；也就是說，投資人在下單前必須先存入期貨經紀商或兼營期貨業務之證券商的客戶保證金專戶，而保證金又分原始保證金及維持保證金兩種。根據期貨交易所公告7月21日臺股指數期貨開市當天契約內容，開市當天原始保證金為十四萬元，維持保證金為十一萬元。

通常交易一口合約保證金都會高於原始保證金；而在每日結算盈虧情況下，如果出現帳戶內保證金低於維持保證金，期貨商就會發出追繳通知，限定客戶在期限內補足至原始保證金差額；如果客戶無法補足差額，通常期貨商會考慮風險而有權設停損讓客戶出場。例如加權指數八〇〇〇點計算，交易臺股指數每一點為二百元，八〇〇〇乘以二〇〇乘買賣千分之一交易稅為一千六百元，再加上手續費單邊一二〇〇乘以二為二千四百元，共計四千元，因此只要大盤指數跳動超過二十點，即可獲利。相對的，因期貨是每日結算，一旦跌過二十點則出現虧損，因此投資人必須要有絕對風險觀念。

由於指數期貨是以小搏大高槓桿操作，估計槓桿倍數超過十倍，比股票融資二倍槓桿高出甚多。群益期貨建議投資人，初期投資人交易期貨，最好準備二至三倍原始保證金來交易一口合約，也就是至少準備三十萬元以上資金來進行交易，將可減少短線市場波動風險。最重要一點就是要有設停損觀念，無論是做多或做空，當行情出現變化後，應立即設定停損價位，最好是將停損單也下到交易場內，避免因一時疏忽，錯失良機，造成損失更大。

臺北市期貨商公會副總幹事姒元忠表示，站在期貨公會立場是希望臺股指數期貨市場發展熱絡，而不是盲目投機。事實上，初期市場發展成交量和流動性如果不足，對現貨市場並沒有正面幫助，更遑論拉抬金融股或大型股是否可以套利。期貨公會估計，如果發展順利，在半年後可望達到每天五千口左右交易水準，往後市場發展則會更迅速。

基本上，投資人操作臺股指數期貨，必須要有通盤考慮，再尋求最適合自己的投資策略，必須再強調的是，期貨為高風險、高槓桿倍數金融商品，一般投資人在未學會良好風險控管和資金靈活操作能力前，還是先觀望較佳，等市場發展更成熟時，再投入不遲。

第二節 精確新聞深度報導

所謂的精確新聞報導是將社會科學研究方法與傳統的新聞報導技巧融為一體的新聞報導方式。學者麥爾（Meyer）在其所寫的《精確新聞》一書中，告訴新聞實務界如何利用科學的方法寫新聞，精確新聞報導的方式因而逐漸被使用。

壹、精確新聞的定義

所謂的精確新聞報導是將社會科學研究方法與傳統的新聞報導技巧融為一體的新聞報導方式，最常使用的是問卷調查做為報導的素材，例如「副總統是否可以兼任行政院長？在《聯合報》所做的調查顯示，有38%的受訪者認為可以，但有27%的受訪者認為不可以，其餘的不表示任何意見」。

就新聞報導方法而言，精確新聞報導所強調的是科學的精神與系統的觀察，而傳統的新聞報導則只是直接或間接的非系統觀察結果所做的報導。

傳統新聞是針對已發生事情的描述，無法去挖掘隱藏的真相，而精確新聞報導的主要優點是在擺脫傳統新聞報導只能被動依賴新聞來源的缺失，藉由有科學研究方法的調查，有系統的去觀察一些現象，進而主動發掘問題的真相，並反映民意與糾正一些社會上長久存在的錯誤觀念，同時也藉著精確性所進行的精確新聞報導來達到監督政府的目的。

貳、精確新聞報導沿革

1810年，美國北萊羅納州一家報社曾進行全州郵寄問卷調查，探詢農產品以至民生福祉的情形，做為新聞報導的資料。1824年，美國《賓夕尼亞人報》的記者在總統選舉前進行了假投票方式進行精確性，這是美國報紙最早進行的精確新聞報導。

1932年，蓋洛普運用他的博士論文發展出一套科學的抽樣方法，為民意測驗的調查工具，此一抽樣方法隨後在許多精確報導中普遍被運用。1968年和1972年的美國總統大選，精確新聞報導已蔚為風氣。70年代，精確新聞報導已經成為美國新聞界普遍重視的一種新聞報導方式。

第二次世界大戰以後，社會科學益形發達，美國社會學者特別重視「社會調查法」以及實驗法去研究社會問題，解釋社會現象，這種以「科學方法」，重視客觀，避免主觀價值的研究取向，掀起了量化研究的熱潮，學者麥爾（Meyer）在其所寫的《精確新聞》一書中，告訴新聞實務界如何利用科學的方法寫新聞，精確新聞報導的方式因而逐漸被使用，此一方法也同時成為報紙報導社會問題的方法。

1967年，底特律《自由報》記者在當時底特律嚴重的黑人暴動事件，對區域內的黑人進行抽樣訪問，共抽取437位黑人受訪者，並以統計的方法統計分析黑人暴動的原因，而寫成一系列的報導而贏得普立茲獎。

1972年，梅爾（Philip Meyer）寫成《精確新聞報導》，在書中指：「將調查、實地實驗和內容分析等社會科學方法應用於新聞蒐集和報導上，可使報導內容更客觀精確。」

就新聞報導方法而言，精確新聞報導所強調的是科學的精神與系統的觀察，而傳統的新聞報導則只是直接或間接的非系統觀察結果所做的報導，而精確新聞的產生主要還是源於傳統客觀報導對問題意識不夠深入，而解釋性報導、新新聞報導、調查性報導又過於主觀，缺乏精確性，精確新聞報導因而隨之產生。

傳統新聞是針對已發生事情的描述，無法去挖掘隱藏的真相，而精確新聞報導的主要優點是在擺脫傳統新聞報導只能被動依賴新聞來源的缺失，藉由有科學研究方法的調查，有系統的去觀察一些現象，進而主動發掘問題的真相，並反映民意與糾正一些社會上長久存在的錯誤觀念，同時也藉著精確性所進行的精確新聞報導來達到監督政府的目的，同時對新聞的事實與社會動因做了更深刻的掌握。

從新聞的形式客觀性報導到主觀的新新聞學報導與調查性報導，讀者開始對新聞報導的真確性感到懷疑，這也促成了「精確新聞報導」（Precision Journalism）的興起，所謂精確新聞報導是以科學的方法（如調查法、實驗法、內容分析法）結果做為新聞報導的依據。

精確新聞報導倡導的是系統性的觀察，這種系統性的觀察可以糾正非系統性觀察的缺點，使記者的觀察帶有真正本質意義上的代表性和公正性。

參、精確新聞報導常使用的方法

精確新聞報導是使用社會科學的方法從事新聞報導，一般的報導方式包括：

1.參與性觀察

有些新聞報導要獲得第一手資料，並找出事實真相，記者有時必須隱藏身分，藉由參與性的觀察，以獲得第一手的資料。例如報導嬰兒的生活與其對環境的反應，由於嬰兒無法接受訪問，記者只有以參與觀察的方式蒐集資料，以做為新聞報導的體裁。

2.文獻研究

利用電腦蒐尋相關的統計數字、政府預算、法院判決書、或其他歷史文件資料，從事系統周密的分析，以做為新聞報導的資料，這種分析歷史文獻資料做為新聞報導體裁的作法，亦是精確新聞報導的一種方式。

美國一位記者為了報導高中學生上大學的情形，向四十四所高中傳真，詢問各樣應屆畢業生被大學接納入學的情形，以及學生最後選擇哪所學校入學。

四十四所學校最後傳真回覆後，這名記者將這些資料用電腦加以分析，製成圖表，再配上對大學入學顧問的訪問，就成了一篇非常精彩的報導，其內容包括「哪幾所學校最受高中生歡迎？」「各學校高中生的升學情形？」等寶貴資訊。

3.田園調查

是記者對採訪的主題，設定一個假設，並實地進行實驗調查，將結果做為報導的資料。例如有記者將一部故障車子同時送進一家原廠修理與特約廠修理，藉以觀察不同修車廠對客戶的誠實度與服務態度，做為新聞的報導素材。

4.問卷調查

亦即針對要探討的問題設計問卷，並藉來受訪者填寫問卷所獲得的統計數據做為新聞報導的體裁。1824年，《哈里斯堡賓州人報》（Harrisburg Pennsylvanian）以假投票的方式進行美國總統選舉的精確性，假投票結果，傑克森獲勝，領先其他候選人，《哈里斯堡賓州人報》並在1824年7月24日刊登該項調查結果（Gallup & Rate, 1940），這是報紙首先應用科學的精確性做為報導資料的精確新聞報導方式。

臺灣報業第一次利用問卷調查所做的報導，是在民國41年臺灣《新生報》對日和約所做的調查，2月14日該報以第一版頭條新聞進行報導，同時將該印行了二十萬份問卷隨報贈送。民國43年，考試院副院長羅家倫提議推行簡體字，《聯合報》在當時也進行一次簡體字的問卷調查，4月12日第一版刊出「你贊成簡體字嗎？」的調查問卷，《新生報》與《聯合報》的這二項問卷調查被認為是臺灣最早的精確性報導。

民國51年，臺灣《新生報》成立「民意測驗部門」，這是臺灣第一個正式成立的民意調查機構，民國72年8月，《聯合報》成立「海內外新聞供應中心」，並向社方提出成立民意調查的企劃案，該中心並在有重大新聞事件時就進行精確性新聞報導，並將調查結果寫成新聞，刊登在《聯合報》上。《中國時報》則在民國74年的選舉期間成立臨時性的民意調查小組，邀請學校教授協助民調的執行，直到最近幾年，新聞界成立民調中心已逐漸形成趨勢，而民調的結果提供給新聞界做新聞報導資料的情形更為普遍（羅文輝，民80）。

肆、問卷調查深度報導寫作

社會科學的研究是否就是絕對正確？曾有一份問卷是針對葡萄酒進行實驗研究，研究結果指出，每天喝些葡萄酒有益身體健康，但委託研究的單位是葡萄酒商，研究中也未提及多少量對身體有益，多少量是有害，因而使人懷疑其調查的可靠性。

此外，也有一份針對垃圾焚化廠的精確性報告指出，受訪的對象有九成以上反對再增蓋垃圾焚化廠，反對的成數相當高，在翻閱其調查問卷時發現，其題目問說：「如果增設垃圾焚化廠影響到您權益，您是贊成還是反對？」由於所列的問題「假如影響您的權益」具有誘導性，所做出的結果自然就缺乏可信度。

由於讀者水準的提高，對於精確性所進行的新聞報導的品質也有所質疑，為了加強新聞報導的水準，及提升精確新聞報導的可信度，美聯社執行編輯協會（The Associated Press Managing Editors Associaton）曾建議新聞界在報導民意調查結果資料時，應列出下列八項資訊，供讀者參考（APME, 1975），這八項資訊是：

一、瞭解負責民調單位的公正性

每到選舉時，一些民調報告就紛紛出爐，但並不是每份民調都是可信的，例如政黨所公布的民調，其結果常是自己的候選人在支持度上領先，這種民調通常只是一種策略運用，其可靠性相當低，最常見的民調是某一位政府首長透過關係，出錢安排民調，在拿人錢財與人消災的前提下，其民調結果一定是施政滿意度相當高，執政者藉著操縱民調以塑造其施政受民眾肯定之假象。因此，報導精確性結果時，要先瞭解民調是由誰支持或出錢？以及民調的目的？這些問題主要在瞭解研究機構是否想利用調查結果來達到某些目的，例如由陳水扁關係密切的福爾摩沙基金會所做的臺北市政滿意度調查，或由國民黨所做的行政院長連戰施政滿意度調查，其調查結果都不免讓人存疑。

二、列出問卷所有的問題

不同的問題會產生不同的答案，尤其是有誘導性的問題，可以達到研究者想要的答案，例如「您會同意核電廠蓋在您家附近嗎？」，這種問題答案當然可想而知。「您對去年加薪感到滿意嗎？」答案否定者具有二種意思，第一種是對自己加薪幅度不滿意，另一種是根本未獲得加薪，當然不滿意。「您一個月的薪水是多少？」用此一問題來測一個人的收入也不是恰當，因為有些人一年領二十個月，有些人一年領十三個月，領十三個月人的月薪雖然高，但年收入卻不比領二十個月的人高，正確的問法是「您的年收入是多少？」藉以測量一個人的收入水平。

三、樣本選擇是否合乎標準

問卷的可信度，其誤差應不超過5%，而在樣本抽取時，樣本數最少必須要達一千份以上，其誤差不超過5%，才有可信度可言。如果樣本數太少，所調查的結果將會產生極大的誤差。例如：調查臺灣民眾對是否同意興建核能發電廠，樣本數如果只有一、二百份，調查之結果，可信度一定很低，如果所選擇的樣本只是依調查者的方便，在街頭隨便找人問，其調查之結果，同樣沒有代表性。

要列出母體的原因是，讀者必須瞭解精確性所抽取的樣本是否能代表母體，例如臺灣省家庭電視節目收視率的調查，其調查的母體應是臺灣省擁有電視機者，而樣本則是指所抽取調查的對象，如果是全省節目收視率調查，而抽取的樣本只有臺北市，所得到的研究結果只能說是臺北市節目收視率的調查，而不能說全省節目收視率調查。

四、樣本與樣本结構

要求列出樣本數與有效問卷的原因是，樣本數愈高，且完成的有效樣本愈多，就愈有代表性，可信度就愈高，例如臺北市長候選人支持度的研究，調查的樣本數如果是一千份，所得的結果一定比只有一百份的可信度高，不過基本前提是這些都必須是有效樣本，如果抽樣一千份，有效問卷卻只有二百份，而另一組抽樣三百份，有效問卷二百五十份，則有效問卷二百五十份的可信度會比二百份高。

樣本在取樣上，樣本是在抽樣的母體中，讓每一個樣本都有被抽中的機會，這樣的抽樣所進行的民調，才合乎民調的基本要求，所做的民調才較可信，如果樣本的選擇只是依據調查者的方便，在街頭隨便找人進行問卷調查，其所得的結果將不具有代表性。

五、抽樣誤差

所謂抽樣誤差是指樣本與母體間的差異，抽樣誤差愈小，則代表樣本與母體間的差異愈小，研究結果也愈可靠，因此理應在新聞報導中告訴讀者有關抽樣誤差率，一般問卷調查的抽樣誤差率不超過5%，其研究結果都可以被接受。

六、報導的內容是調查的全部或部分

新聞報導的內容是問卷調查內容的全部或一部分，都要告訴讀者，例如施政滿意度調查有十題，新聞報導如果只選擇其中八題對施政滿意的做報導，而略過不滿意的二題，會對讀者產生誤導，同樣的只報導不滿意的二題而不報導滿意的八題，也會造成誤導，此一報導方式不僅扭曲精確性的結果，更違反新聞報導的正確、客觀、公正的原則，如果新聞媒體無法報導全部的調查結果，也應忠實的告訴讀者所報導的內容是調查結果的全部或僅是其中的一部分。

七、訪問方式

精確性的訪問方式各有其一套訪問限制，例如電話訪問，以電話簿的住宅為訪問的樣本，訪問男性用品的知名度，其調查結果就必須考慮到訪問的時間，因為白天有經濟能力的男人大都不在家，留在家中大都是婦女或小孩，其訪問結果自然可信度低。

八、訪問時間

有些問題具有時效性，訪問時間不對，也就會影響訪問結果，例如訪問的題目是「您贊成或不贊成將綁架犯判處死刑？」，訪問的時間如果是在白曉燕綁架案之前，或在綁架案之後，其結果一定不會相同，因此問卷訪問時間應告訴讀者。

對於美聯社的上述精確新聞報導的八項措施，有人認為媒體的版面與時間有限，根本不需要全部列出八項資料，但也有人認為基於專業道德，還是要列出精確性的八項重要資訊，新聞界很難做到上述的八項原則，但努力去達到這些要求則是有必要的。

問卷調查結論最重要的就是要確定整個調查是「有效的」。除此之外，該項問卷結果也必須是科學的、嚴謹的、沒有預設立場、禁得起重複調查的。有預設立場的問卷調查結果有如披著人皮的狼，媒體工作者不能不防，避免自己一時大意成為特定利益集團扭曲事實的幫凶。所以，媒體記者也許沒有篇幅報導有效樣本及取樣方式，但是，記者雖不報導也要仔細看清楚。

伍、精確性深度報導寫作範例

企業五百大新排名今公布

導言～

中華徵信所今天發布臺灣地區五百大企業排名，重新洗牌的結果是電子產業穩居製造業龍頭，在製造業十大中占了一半左右；而從經營績效而言，前十名中更有九名是電子業，只是去年景氣不佳，前二十大民營製造業中，有半數經營呈現負成長。

本文～

中華徵信所今天發布臺灣地區企業前五百名排名調查，結果，我國的電子產業已經穩居製造業龍頭地位，在前十大製造業公司中，電子業就占了五家，包括宏碁、臺灣飛利浦、英業達跟臺積電。

南亞與中鋼仍然維持十大製造業的一、二名，不過，電子產業亮麗的新星英業達、臺積電和國瑞汽車則首次擠進十大，取代了去年還在榜內的大同、奇美和中華汽車。

（**中華徵信所總經理訪問**）

的確，如果不論營收，比起經營績效，新股王華碩獨占鼇頭，製造業前十大更都是電子業的天下，十家中有九家是電子業，不過，去年製造業面臨不景氣，大企業也不例外，在十大中有四家出現營運負成長，而成長最亮麗的則是英業達。這家公司從生產電子字典起家，現在主力產品是筆記型電腦，去年接獲康百克超級大訂單，營收成長出現240%的天文數字。去年服務業的成長優於製造業。而前十大服務業排名與去年類似，仍然是國泰、新光占領一、二名。不過，去年剛成長的中央健保局，立刻跳居第三名地位。

第三節　調查性深度報導

早期的調查性報導的萌芽出現在1880年《紐約世界報》記者比利（Nelli Bly）以偽裝的精神病患，進入紐約的瘋人院做調查採訪，因而揭發了該醫院虐待病人的情形，此一新聞引起當時社會的震驚。

回顧新聞發展史，18世紀後半期的美國媒體大亨普立茲是調查性報導的最重要推動者，他鼓勵對政府和巨商的貪污腐化進行鬥爭，並強調報紙應揭露貪污腐敗。

壹、調查性深度報導的沿革

1904年至1912年的「扒糞運動」（muckraking），使得美國記者自命為監督政府、實踐社會正義的先鋒，因而對一些新聞事件以調查方式獲得訊息，而進行報導。

從1920年起，「扒糞運動」逐漸興起，一些批評性的雜誌如《國家》、《新共和》把「扒糞運動」的精神帶入60年代，調查性報導正式在新聞媒體中生根發展，美國各大城市報紙都成立了「調查性報導小組」，專門以扒糞、調查政府的貪污等新聞做深入性的報導。

1960年代，美國社會普遍存在冷戰、學運、反戰等動盪的現象，使得記者不信任政府，並認為記者有職責去發掘社會的黑暗面及政府的貪瀆等，因而，調查性報導也就在當時普遍成為新聞報導的方式。

在美國居於領導地位的美聯社，也因調查性報導的盛行而於1967年成立了「調查性報導特別任務小組」，負責報導非公開性的政府活動，一年之中就寫了268篇調查性報導，其中最著名的報導包括揭露有關越南政府貪污的秘密報告。

1970年代，越來越多的新聞機構投入人力與財力從事調查性新聞報導，1975年，從事調查性報導的新聞記者合組了一個協會，藉以保障其採訪時不受非法的傷害。

調查性報導發展的過程中，在美國有一些著名的調查性報導引起社會大眾的注意，包括一篇由肯德基州《華克盛頓先驅報》十人小組所寫成的「欺騙我們的孩子」一文中，揭發了該州教育附加稅運用遭到政治干預的情形。

阿拉斯加州《安克拉治日報》四位記者寫過一篇調查性報導，揭露工業團體和國家執法人員失職，他們發現這家公司未做好安全措施，該大量原油從艾克森石油公司的油輪中流出，污染了阿拉斯加海域。

1974年，《華盛頓郵報》記者伍得華德（Bob Woodward）

和伯恩斯坦（Carl Bernstein）以對當時的美國總統尼克森在競選時的醜聞，以調查方式進行報導，形成尼克森的去職，這就是有名的水門案，調查性報導因「水門案」而確立了其新聞報導地位，並使調查性報導成為當時新聞報導的熱門方式。

探究調查性報導會在60、70年代盛行，其實是有下列歷史背景因素：

一、受官僚體系腐化有關

19世紀末、20世紀初正是美國政治權力最集中的時期，所謂「權力導致腐化」，人民對社會現象不滿，但又不知道問題的癥結，而調查性報導則為不滿的民眾找到了答案。

二、與西方政黨的發展有關

早期的美國報業仍是屬於政黨所有，每一家報紙各為其所屬政黨揭發另一黨的醜聞，20世紀初，獨立性報紙出現，報紙不再為政黨服務，而政黨之間互揭醜聞的現象卻有增無減，因而也助長了調查性報導的盛行。

三、報紙信任危機的出現

雖然報業的社會責任理論強調報紙的社會責任與公正之立場，但美國民眾對於當時報紙對當權者的討好做法，逐漸對報紙產生了信任危機，為了挽回受眾的信任，調查性報導就成為當時各報紙獲取受眾信任的報導方式。

四、迎合了讀者的閱讀慾望

調查性報導吸引人的地方除了內容外，其寫作方式也引起讀者極大興趣，這些調查性報導寫作方式簡直就是一部偵探小說，而與小說不同的是，調查性報導是真實的故事。

《時代周刊》曾指：「在一個錯綜複雜的時代裡，深入報導往往比快速報導更為迫切。」美國哥倫比亞大學曾對調查性報導作了如下的闡述；「為了研究目的，應視調查性報導為發掘新聞真理的報導，以揭發、或引起大眾對某些行為，或情況的注意；這些行為或情況應係大眾所關心的。」《紐約時報》總編輯盧森姚更認為，調查性報導應涵蓋民眾生活與政府施政方針等各種事項。

調查性報導主題不一定限於揭發罪或政府貪污行為，它可以呼籲社會注意貧窮問題，也可以探討環境污染、族群不和等問題。徐佳士表示，調查性報導不應以揭發或扒糞為滿足，應就相關問題作全面深入的瞭解，然後將真相有系統的推導出來。

貳、調查性報導的意理

調查性報導當時成為維護社會公益的一種新興力量，它所強調之意理為：

1.強調媒介的功能在維護社會正義，強調「鼓吹者意理」。

2.報導過程重視文件的蒐集、分析與解釋。

3.鼓吹人民有接近秘密的權利，強調資訊自由。

雖然調查性報導在當受到極高的評價與認同，但也受到一些批評：

1.批評者認為記者有強烈的預存立場，對政府充滿敵意與不信任，這種態度所做的報導可能不客觀。

2.調查性報導可能依賴消息來源提供機密文件，但卻無法分辨資料的真偽，導致記者被利用而不自知。

3.調查性新聞報導所花的時間相當長，可能妨害到一般新聞的採訪。

調查性報導雖然揭露了許多貪污腐化，但仍沒有從完全客觀報導中抽離出來，報導時往往缺乏深刻的分析與科學精神，甚至報紙只成為發洩的管道，所以調查性報導真正留給世人深刻印象的報導並不太多。

調查性報導對採訪記者言，是最富挑戰的一項採訪工作，這類成功的報導往往使記者一夕成名，成為社會的英雄，並容易登上暢銷書的排行榜，也容易獲得新聞獎，但調查的過程卻是相當艱辛，有時還會惹上麻煩。

臺灣新聞界進行調查性報導的案例不多，主要是調查性報導除了記者不具公權力保障、調查較困難外，最重要的是調查性報導涉及花費時間較長，記者每天例行採訪工作已相當繁重，根本很難花較長的時間進行調查報導，最重要的是，進行調查報導必須要有極大的勇氣去排除心理障礙與外在的障礙，因為進行調查性報導，常要深入一些黑暗面，才能調查到第一手資料，這種情況常是充滿了危機，而調查性的報導常會惹惱一些被調查者，遭到不可預測的危險。

1995年行政院「二二八事件調查報告」出爐前，臺視新聞部節目組部製作「二二八事件紀念專題」時，就採取調查法，透過管道找尋當年的目擊者、當事人外，還嘗試跟歷史人物重新走過歷史事件的時空，一方面製造畫面，另一方面也藉此試著瞭解當時的情況。

據調查小組表示，製作此一調查主題時，工作小組進行調查採訪拍攝前，花了近兩個月時間，閱讀及扃的各種書籍，每天到處打電話、打聽消息，工作到半夜兩、三點鐘，為了跟事件當事人聯絡上；就算好不容易聯絡上當事人，還發生很不幸當事者剛剛病逝沒一個星期，或當事者因長期生活在恐懼下已經心智喪失或當事人、家屬不願意相信記者，不願意面對過去等等各式各樣的原因而拒絕採訪的困難。但是，當工作小組人員看見歷史當事人重新走回歷史中時的激動，甚至還發生兩位當時各自盤踞不同山頭的臺灣青年，在電視攝影機下忘我的做現場比對，發出原來當時我們自己人打自己人的驚呼時，那種與歷史有約的感動便油然而生。

參、調查性報導的步驟

調查性報導是融合解釋性新聞與深度報導新聞的新聞寫作手法，這是最進步、也是最複雜的新聞報導方式，引來的爭議也最大，同時有著更多的法律紛爭。對於調查性報導的資料蒐集，通常經歷了如下的步驟：

1.對事情的懷疑

大多數的調查報導都起源於一種預感或某一線索顯示，某一個事件或某一個人隱瞞了重要訊息而值得去調查。如果記者沒有對某人或某事產生懷疑就不會進行調查，這些情況包括為什麼某一公司老是標到某一政府的工程，市售的某一藥品為什麼最近突然大增，某一汽車公司為什麼突然召回汽車進行檢修。

2.尋找背景資料

從背景資料中理出頭緒，以評估是否值得進行調查性報導，再進行調查過程的規劃，在尋找背景資料的過程中要理清楚，事情是如何發生的、可能涉及的人，以及此事對社會產生何種影響或意義。

背景資料的尋找可到資料室或利用電腦網路進行蒐尋，如傳記、指南、索引與統計資料等，藉以發現問題，理出頭緒。

3.開始進行調查

著手進行調查的過程分二個階段，第一個階段是察覺值得追查的線索，第二階段是利用各種人脈與方法找一真相。

在取得消息的方法，通常是透過敵對者、朋友、受害者、專家、警察等人的提供消息，有時候是透過文件資料的蒐集，這些文件包括公開的不動產登記、法庭紀錄、會議紀錄，以及不公開的文件資料，例如偵察檔案、判決檔案、納稅文件、信用調查等。這些公開或不公開的文件，通常需要一些特殊管道才能取得，因此，調查性報導的記者有時會僱用私家偵探、律師等專業人士來蒐集一些敏感性資料。

肆、調查性深度報導寫作

基於深度報導的特性，深度的調查性報導與一般的調查性報導自然不同，也擁有其寫作的特點，主要的特點表現在「寫作形式」與「對新聞的觀點」上。

一、寫作形式

比較調查性報導與一般客觀性新聞報導，在寫作形式上最大的差異是，客觀性新聞以倒金塔的書寫方式，把重點擺在第一段的導言上，新聞內容強調簡潔扼要，所以客觀性報導的新聞重點在於「結果」的報導，而調查性報導卻重視新聞的調查過程，記者需要詳述調查的過程，而這部分卻常是最吸引人的地方。

當記者完成調查性報導的資料蒐集之後，隨即面臨寫作方式究竟是採取第一人稱還是第三人稱的撰寫方式，究竟是採取涉入的立場寫作，還是以中立觀察的第三人寫作，這是一個困擾的抉擇，而任何一種寫作方式均有其利弊。

1.以第一人稱的敘述方式

記者以涉入的角度，本身是故事中的一部分，將調查結果以涉入者的立場敘述整個調查過程。

如果調查過程是一個新聞事實內容，那麼，調查者以直接目擊者的立場敘述調查過程，是自然合理的事，它體現了調查過程中時間與空間上的邏輯聯繫，但此一第一人稱的敘述方式也有其負面作用，例如敘述過程會過於囉嗦，不夠簡潔，如何利用第一人稱進行深度調查報導寫作，能讓受眾感到不會太囉嗦，就需要相當大的寫作技巧訓練。

2.以第三人稱的敘述方式

第三人稱的書寫方式是記者以「中立觀察者」的立場書寫新聞，通過一些描述與引用一些調查人士的話，描述整個調查過程。

使用第三人稱的寫作方式，不免要引述許多調查過程中所接觸人的話，這種隱去記者的調查過程寫作，較不容易表現記者在調查過程中時間與空間的聯繫。但可藉著引用當事人與背景資料達到勾勒出調查過程中，記者是如何進行調查的。

第三人稱調查性深度報導寫作最大的困難在於，如何去串聯這些調查過程所接觸的資料與結果，這些資料如果組合的好，文章會顯示出邏輯觀，受眾很容易瞭解新聞事實的真相。如果組合的不好，則文章結構會顯得很鬆散，影響受眾閱讀。

二、新聞的觀點

調查性深度報導寫作時不免採取一些觀點，對調查的結果進行細膩的分析，但調查性報導的分析傾向於用事實進行分析，而不像評論性報導以主觀的觀點進行新聞分析。

從寫作的角度來看，調查性報導與解釋性報導對觀點與意義間的關係不太一樣，調查性報導的意義是在許多不同的觀點與事實中獲得。而解釋性報導則是以確定的觀點去解釋未確定的意思。因此，調查性的深度報導寫作通常會把不同的觀點放在一起，讓受眾自行去判斷事實的真相。

不同觀點的對立是調查性深度報導思潮發展的主因，對於同一事實，必然會存在不同的解釋，觀點的對立也不可免，而調查性深度報導就在不同的觀點中去濁揚清，去偽存真，以突顯出新聞的意義。

對於調查性報導的寫作，王洪鈞（2000）提出了三項原則：

1.確定要表達的核心問題

在報導前必須從主題的重要性及證據之充分性，確定所要表達的核心問題，亦即調查的意義去思考，藉以衡量此一報導對社會的意義與大眾可以接受的程度。

2.設計新聞的結構

調查性報導雖然不是偵探小說需要步步驚魂，但在新聞結構設計上，仍要客觀鋪陳各種發現，藉以表達所要呈現的主題思想，使公眾接受瞭解社會仍存在一些不符合公共利益的事，有待進行改革。

3.活潑生動的寫作方式

調查性報導與一般寫作差異不大，但要注意簡潔、活潑、生動，盡可能利用對話方式、人稱字眼、及具體事物的呈現，避免主觀的教訓或指責，因為調查性報導是在深入挖掘並呈現隱藏的有意義事實，並不在於主觀評論。

伍、調查性深度報導範例

範例一：今周刊調查報導踢爆年輕致富假象

62年次的魏姓男子，90年時出版了一本《十八歲賺到一億》的創業故事，受到外界的重視，包括平面及電子媒體都爭相報導。但是《今週刊》經過深入追蹤調查後，以「國內新聞史最大騙局」刊出了魏男子「前科累累」的紀錄，並以許多資料指出魏男子所稱賺進一億元的說法有相當多不合理的地方，這篇調查報導以鍥而不捨的精神還原事實的真相，同時暴露了國內媒體報導處理新聞的盲點。

90年8月魏姓男子創立一家數位生技公司，密集推出礦泉水廣告，又贊助一些公關活動，讓這家公司突然知名度大增，幾家媒體也開始陸續報導這家數位生技公司總裁魏姓男子的創業故事。

魏姓男子所主導的數位生技公司，90年開始在各大媒體刊登廣告，推銷公司生產的礦泉水產品，並接受各家媒體訪問，宣稱產品在美國有很大的市場，並且將在香港掛牌上市。並由商周出版推出他的新書，講述他如何在十八歲時就因為搭上電信列車，靠賣呼叫器賺了一億元，成為生技界的話題人物。

《今周刊》在封面和內文中指稱魏文傑的說法是「臺灣新聞史最大騙局」，並指出矛盾點所在。根據該刊物採訪結果發現，魏文傑十八歲時正在臺東，因案被司法機關裁定在泰源技訓所接受感化教育處分。

魏某在自己出版的新書中說，自己十六歲在臺東賣呼叫器「大賺」之際，被父親強迫去加拿大讀書，念了七、八年畢業才回來。但是根據《今週刊》報導並訪問一名受感訓處分的「同期同學」，對方指出魏在那一段期間應該還在臺東泰源技訓所接受感訓，《今週刊》並查出他在司法機關的紀錄十分轟轟烈烈，包括偽造文書、妨害自由、重利、詐欺等。

《今周刊》向臺灣泰源技能訓練所查證，魏某於82年9月接受感訓處分時已二十歲，據當時做的身家調查，魏某感訓前，曾任臺東市某通訊科技公司副總經理，業務興隆，但因他書中部分說法與事實不符，「十八歲賺一億元」的說法令所方人員懷疑。

臺東縣的泰源技訓所查證，魏某在民國81年間4月至6月間，因連續多次持槍、恐嚇、白吃白喝，被臺東縣警察局、臺東縣調查站提報為流氓，經臺東地方法院治安法庭裁定流氓感訓處分。82年9月13日被送至泰源技訓所接受感訓處分教育，應執行到85年5月27日止。

據技訓所說，因魏某不服，家屬替他向花蓮高分院上訴，因他在獄中表現良好，經花蓮高分院裁定免予繼續執行，他才於84年5月5日出所，大約在泰源技訓所待了一年七個月。

技訓所承辦流氓業務的科員回憶說，魏某在所內參加建築班技能訓練，獲得階段考第三名，並考取建築類丙級技術士，表現令他印象深刻。

臺東地區就有不少過去與魏某熟悉人士也向警方指道，

81年至85年間，就是魏某書中所謂的「出國期間」，魏家兄弟就在臺東市杭州街、更生路口同一地點，先後成立「漢億科技」與洋酒商行「酒之最」公司，惟均因經營不善倒閉；另82年間，二十歲的魏文傑又因案被提報流氓，裁定感訓一年七個月又二十二天，期間曾因於建築班內表現良好獲得丙級建築證照，還獲建築班技能測驗第三名而提前出獄。

報導中引用警方調查資料指出，魏某85年至87年間，分別犯下詐欺、偽造文書、重利等案件，然多數未遭起訴，另有魏某債權人，提供當初被積欠的「小錢」帳單。債權人表示，「我寧願相信他書中指十八歲就賺到一億，但請他先還我積欠多年的一萬多塊。」

撰寫這則新聞的《今周刊》記者田習如表示，最先發現這家公司疑點的是她的同事蔡玉真，後來她才費心去找資料佐證，在比對相關資料後發現許多疑點，例如魏某所稱的十四歲賣呼叫器，十八歲賺進一億元，經瞭解，魏某所稱的時間應是民國76年，呼叫器市場並未全面開放，使用的人並不多，要賣呼叫器賺到一億元實在不容易，而一家知名度不高的公司在呼叫器市場不可能有那麼高的市場占有率。

後來《今周刊》透過管道發現，魏某所說的致富期間，有很長的一段時間是待在泰源職技所感訓。《今周刊》並採訪了魏某感訓時的同期同學，同時掌握了他的官司資料。

《今周刊》的報導指出，魏某在新書中說自己在十六歲時（即他在臺東賣呼叫器事業大賺錢時），被父親強迫去加拿大讀書，念了七、八年才畢業回來，但根據相關資料及周刊訪問一位「同期同學」指出，魏文傑在十九到二十一歲應該還在臺東，而且是因案被司法機關裁定在泰源技訓所接受感化教育處分。（轉引自《目擊者雜誌》第26期）。

對於《今周刊》的報導，魏某提出聲明指出，他坦白表示，他的第一個前科是在十三歲時，因為想買一臺任天堂電玩，又怕被父親罵，所以偷拿爸爸的支票蓋自己的印章，結果當場被「抓包」，之後被交付保護管束，完全是小孩子的天真行為，和商業詐欺無關；第二件前科是在他十九歲，公司業務擴張太快，對員工管理訓練不夠，結果有一位員工因為客戶不肯付手機的錢，員工就拿玩具槍去恐嚇對方，他被牽連在內而被法院判處罰金二千元；至於管訓的部分，則是翌年他哥哥與人爭執，他帶人去找對方理論，產生衝突，以致被管訓了一年七個月。

魏文傑強調，書中描述十八歲就賺到一億的過程全都是清白、可以公開面對大眾檢驗。魏文傑的聲明說，自己從十四歲就創業、十五、六歲時即有千萬資金難免年少輕狂，他在聲明中指出，他也跟每一個人一樣，在那一段時間花天酒地做了一些糊塗事；但是媒體（指《今周刊》）所提的前科和他賺錢的歷程並沒有直接影響和關聯。他說，書中沒提到，並不表示是在欺騙讀者；畢竟前科不是一件光彩的事，但他強調，他已為過去的作為付出代價。且在書中第十四章「大起大落」中也有詳細說明他曾有生意失敗產生的一些事情。

對照魏某的說法與《今周刊》的調查報導發現，除了《今周刊》認真的追尋魏某賺錢真相外，其餘的媒體多數是根據魏某的個人說法就相信其十八歲賺進一億元，這也突顯國內新聞媒體普遍缺少了一份追根究底的查證精神。

媒體報導魏姓男子傳奇故事一覽表

刊物名稱	標題	報導日期
商業周刊	二十歲賺到人生第一個一億元	2000.08.14
臺灣日報	數位公司明年那斯達克掛牌	2000.08.18
自由時報	挑戰飲料業前輩	2000.08.21
臺灣日報	打水戰，點滴在心頭	2000.09.04
臺灣時報	賣礦泉水，雄心勃勃	2000.09.04
聯合報	二十七歲身價十億元	2000.09.10
經濟日報	今年每股估4元	2000.09.13
時報周刊	0204比不上魏的3.14	2000.10.18
勁報	魏的維尼斯精神揚威飲料業	2000.12.02
壹周刊	十八歲賺進一億元	2001.11.29
商業周刊	封面故事：十八歲賺進一億元	2001.12.10
今周刊	國內新聞史最大的騙局	2001.12.14

範例二：臺灣超導恩仇錄　结局三輸

〔林志成／調查報導〕「王守田（美國王氏超導公司董事長）是臺灣超導產業的張忠謀。」臺灣超導國際科技公司現任董事長陳輝堂今年3月中旬接受媒體採訪時，說了這樣一句高度恭維王守田的話。言猶在耳，這兩位一起創業的夥伴隨即展開一場互相毀滅的訴訟，連中央研究院院長李遠哲也牽涉其中。事實上，王氏超導在美國只是個二十五人的小公司，臺灣許多投資人卻以為它是一家與西門子、奇異相抗衡的大公司。

認知差異下，衍生出糾紛。

王守田在臺灣雲林出生，他在超導技術領域確實有出色表現。當年美國總統雷根召開白宮超導會議，邀請全球五百位超導專家參與，王守田與現任香港科技大學校長朱經武是僅有的兩位華裔科學家。去年，王守田主持的王氏超導公司為美國柏克萊大學同步輻射設施「美國先進光源」設計製造四座超導偏轉磁鐵，不但創下世界首例，還獲得美國能源部的表揚。

李遠哲一向非常支持華人科學家創業，他在1993年同意成為王氏超導的董事，隨後並不斷遊說王守田回到臺灣協助我國發展超導產業。2000年12月5日，臺灣的超導國際科技公司正式成立，王守田是董事長，大金主王志勤為副董事長，當初負責籌措資金的陳輝堂則是總經理。李遠哲、朱經武及諾貝爾物理獎得主丁肇中則被冠上榮譽董事的頭銜。

王守田二年前回國創立超導公司，當時在臺籌資事宜完全交給華僑銀行租賃部副總陳輝堂處理。王守田的姊姊在中和白馬寺擔任住持，陳輝堂工作之餘也常到白馬寺修行，雙方因此結緣。

幾年前，陳輝堂的兒子到美國加州攻讀電腦方面碩士學位時，就在王守田的家裡住長達半年。陳輝堂與王守田曾有相當不錯的交情。

今年3月6日，王守田與陳水扁總統會面，雙方廣泛交換意見，擘畫臺灣超導科技產業的願景。在陳總統「加持」後，超導國際的股票水漲船高，它是一家未上市的公司，但當時股價卻高達九十多元。但3月下旬，坊間某雜誌揭露超導國際副董事長王志勤過去曾涉及「至尊盟」團體恐嚇上市公司案，曾被直接送至綠島管訓。王志勤是股市聞人，他縱情股海多年，85、86年間確曾因為「至尊盟」案被送至綠島管訓。但幾年後，王志勤經司法判決無罪。

王守田見完陳水扁總統後，今年3月26日又安排與行政院長游錫堃見面。因此時超導國際科技公司有至尊盟資金的消息已被報導，游錫堃一度因此不願見王守田。在各方折衝下，王守田最後還是見到游錫堃。不過游僅禮貌性表達支持國內發展超導產業的想法，相關問題則交給政務委員胡勝正處理。

「至尊盟」的問題浮上檯面後，當初引領王守田返國創業的李遠哲相當緊張，在3月底寫了一封信給王守田，說他看到超導國際有至尊盟資金在裡面，他很難過，希望王守田趕快處理。政務委員胡勝正也多次告訴王守田，超導國際的資金來源必須乾乾淨淨、清清白白，不能讓外界有一點點疑慮，否則政府不可能支持。

王守田在壓力下，出面解決超導國際有「至尊盟」資金的問題。他出價每股十六到二十元，要買下王志勤等人的股份，希望有「至尊盟」背景的股東完全退出。當時超導國際的股價已飆漲到九十多元。可惜王守田這項純化股東結構的動作沒有成功。

王守田最後選擇自己退出。他在4月8日辭去超導國際董事長職務，並委任律師處理歸還超導國際之前匯給王氏超導的一百五十萬美元事宜，但也提出諸多還款條件。王守田並對外表示，王志勤利用李遠哲名義，在大陸吸金，引起檢方及社會關注。王守田這一記重拳幾乎讓超導國際倒地不起，經濟部表明科專計畫不支持超導國際，檢方也開始查王志勤等人是否涉及炒作股票及不法吸金等。

經過這次事件，超導國際領導階層做調整，王志勤辭去副董事長職務，只當單純股東，陳輝堂升任董事長。之後，陳輝堂等人向王守田的委任律師催討一百五十萬美元，但雙方對如何還這筆款項的執行細節沒有共識，後續處理無法進行。

今年4月28日，陳輝堂帶著股東王華興、會計師及律師等人赴美，在王守田家裡商議退款事宜。據陳輝堂方面表示，王守田覺得這群人是來找麻煩，他本人未出面，僅叫一位老先生出面告訴陳輝堂等人，如果強行闖入，就報警抓人。隔天，在律師的安排下，雙方還是見了面，不過彼此惡言相向，不歡而散。陳輝堂此時才知道，之前跟他們合作的王氏超導根本只是一家小公司，不是他們原先想像的國際級大公司。陳輝堂回臺後，決定直接對王守田提起法律訴訟。

據瞭解，王氏超導確實只是一家小公司，員工僅二十五人，但在李遠哲等人「光環」的照拂下，臺灣許多投資人誤以為王氏超導跟西門子、奇異等公司一樣是國際級大企業。

臺灣政府原本有心要發展超導產業，但經歷此一事件後，原本頗有交情的王守田及陳輝堂兩人反目成仇，幾乎互相毀滅。李遠哲、朱經武、丁肇中等世界級科學家則名譽受損。超導產業則在原地踏步，沒有太多進展，結果是三輸。

（2002-8-25 2:47）

一、深度報導有哪幾種類型的報導文本？

二、請以問卷調查方式設計一個精確新聞的深度報導採寫大綱。

三、請觀察社會環境或針對一則新聞事件擬訂一份調查性報導的採寫大綱。

第 7 章

廣播、電視深度報導

報紙、雜誌等平面媒體製作深度報導的優勢，可花長時間去追蹤、查證新聞事件的真實性，再透過白紙黑字寫出經探索所得之威望性、啟發性報導；電視新聞則可藉由聲音、畫面的張力效果傳達訊息，讓觀眾「眼見耳聞」為憑。廣播雖然結合網際網路降低先天上的缺憾，但既沒有畫面、文字表達又得追求新聞即時性與易得性，因此，與電視、報紙雜誌相比，廣播較難做到深度報導。

第一節　廣播、電視深度報導概述

由於平面媒體與電子媒體的媒體特性不同，在撰寫深度報導時亦會有所差異。相較於報紙、雜誌平面媒體，廣播與電視具有平面媒體所沒有的聲音和畫面，廣播以聲音來呈現新聞的深度，而電視畫面對現場的「完整再現」對閱聽人具有極大的說服力，所謂「眼見為憑」，不同的媒體特性在深度報導的產製與呈現也會有所不同。

電視播報新聞的頻道由往昔的三家無線臺擴充至目前的十多家有線、無線臺，但其主要組織架構皆可分為：1.採訪中心：製播每日新聞。2.國際新聞中心：調度駐外記者，編採外電消息。3.新聞節目中心（新聞企劃室）：製作深度報導或新聞專題。

所謂的電視新聞深度報導，深度報導與時間長短並無必然對應關係。主要以「新聞雜誌」（news magazine）的方式呈現。其特性有二：1.interpretation，2.investgation，兩者皆著重對「why」與「how」的探討。而深度新聞報導又分為二類：1.每日新聞中的專題報導，約二至三分鐘。2.新聞雜誌中十五或二十分鐘以上的專題探討。

壹、廣電新聞深度報導特色

廣播、電視深度報導在本質上與平面媒體的深度報導是有區別的，主要是廣播、電視多了聲音與畫面，所以在新聞內容的產製時要考慮聲音畫面的特性，以及受眾在使用廣電媒體上的接收習慣。因此，廣播、電視的深度報導是運用聲音畫面的符號特性，以客觀事實為依據，呈現主現事實背後的深層意義。

相較報紙的深度報導，廣播、電視的深度報導具有以下幾

點特性：（羅哲宇，2004:10-12）

一、注重說理方式

廣播、電視存在著時間的流程，新聞隨著時間的推動而產生與消失，因此，廣播、電視新聞的呈現注意到流程由易到難、由具象到抽象、由感性到理性，層層深入，相較於平面媒體長於思辯，廣電媒體的深度報導更強調觀點從事實而來，從情節而來。廣電媒體的深度報導要有意識的尋找典型人物、典型個案，強化故事性手段。

廣電新聞的深度報導會以體驗式的採訪方式，藉由調查性報導講述方式在帶領閱聽人層層的發覺真相。另一方面，廣播、電視的深度報導產製過程中，記者會善於將抽象的道理通過形象思維，將抽象的道理通過形象的素材呈現。

二、強調過程和動態性

過程性與動態一直是廣播、電視深度報導堅持的報導手法，這種手法的特點是將現場（聲音或畫面）和記者的採訪組合在一起，展示新聞事件發展的情節，使閱聽人自然而然的發現事情的本質與真相。也就通過一段場景、一段採訪對話能觸及事件的真相，因此，廣播、電視深度報導對記者採訪時駕馭現場的能力有較高的要求。

三、具直觀性、感染力與說服力

電視深度報導的畫面加上聲音、廣播深度報導的現場聲音，對現場、環境、人物、過程的直接表現，使閱聽人能感同身受，被深深的吸引，滿足了他們的參與感，大大增加事件情節線索和主要人物的情感流動交融在一起，矛盾、懸疑、人物、命運，這些新聞報導中最能打動人的因素交織在一起，產生重疊效果，令人欲罷不能。

貳、廣播、電視深度報導類型

根據不同分類的標準，廣播、電視深度報導可分為不同的類型，包括獨立報導和組合報導，依報導手法可分為解釋性報導、調查性報導、精確性報導，依報導體裁特徵可分為評述式深度報導與專題式深度報導，依內容特性可分為政治性深度報導、經濟性深度報導、社會性深度報導、教育性深度報導等。

一、獨立報導和組合報導

獨立報導通常是指獨立成篇的深度報導，報導的事實不是很複雜，已經有了階段性的結果的前提下採用的報導方式。組合性報導是由多篇相對獨立的報導形式所組成，組合的形式包括：1.連續性報導，即追蹤新聞事件發展過程，連續性多次播出的累積式報導形式；2.系列報導，即圍繞在某一主題或某一個問題多側面、多層次、有計畫地連續性報導形式；3.聯動式報導，即在不同的性質的節目播出，也就是共時性的橫向合作報導。

二、解釋性報導、調查性報導、精確性報導

解釋性分析報導是運用事實來解釋事實的報導方式，通過體裁的說明對比和分析，闡釋出新聞的深度意義。

調查性報導是新聞媒介對被遮蔽的真相進行相對的獨立調查的報導方式。

精確性深度報導是以科學的方式進行資料的蒐集，再進一步的深度闡釋新聞背後的意義。

三、評述性報導和專題式報導

這二種深度報導方式側重於體裁特點，評述性的報導就是報導者在內容中主觀的加入個人的意見與評論，以探討新聞背後的意義，專題式的深度報導在新聞報導中只是引用事實來解釋事實，不加入報導者的意見。

參、廣播、電視深度報導的困難

平日我們接收訊息來源的五大媒體（報紙、雜誌、廣播、電視、網路）中，鮮少聽到廣播製作深度報導；廣播是否也能做到深度報導？因為廣播較不易做到深度報導。

一、廣播深度報導的困難

事實上，廣播把深度報導稱為「專題報導」。由於廣播媒介的特性是即時，所以做專題的機會比較少；且每家廣播電臺

做專題報導的時間也不一樣。一般專題報導的時間是二分鐘，但可依據專題報導的議題作彈性延長。

和其他媒體比較，廣播在執行深度報導時有一些技術上的困難點：

第一，平面媒體可以做成文字資料，能透過各種管道再搜尋出資料；且平面會有較多的記者去做同一個專題，所以平面媒體的深度報導是比較深入的，且層面比較廣。相較之下，廣播的專題報導就無法做到此點。

第二，廣播的困境在於只能呈現聲音，不能像平面媒體和受訪者聊到什麼新聞點、內幕或新的事物等，就可以由記者自己去寫。由於廣播只呈現聲音不需要畫面，可以用電話採訪受訪者且需要錄音，然而並不是所有的受訪者都願意接受錄音採訪。但是在基於道德下，不可能偷錄音，所以很多時候就必須要放棄。這一點和電視媒體是類似的。有些受訪者私底下願意和記者說很多機密的事情，但當記者要求要拍攝或錄音，則是會遭到他們的拒絕。所以有時候就需由記者用聊天的方式去進行訪問，變成記者去轉述受訪者的說法。

第三，廣播的深度報導有時間限制，根據統計，聽眾普遍接受單一新聞報導時間，最長不得超過一分半（九十秒）。換句話說，每則新聞以精簡、扼要、簡單為主要訴求，時間過長易使聽眾反感。

第四，廣播新聞的深度報導易破壞新聞整體調性，以臺北之音整點新聞為例。正常來說，五分鐘新聞內大約可以播報七到十則新聞不等；但假使期間穿插一則時間長為二到三分鐘的深度報導時，聽起來會覺得單則新聞時間過長，破壞整體節奏外，更是與電臺的臺風有所落差。因此，如果非作深度新聞不可，錄製一分半的新聞話帶或是考慮另闢帶狀節目的方式陳述，能兼顧新聞深度又不失專業，一舉兩得。不過，仍須考量電臺整體定位與形象。

第五，廣播必須以音效營造氣氛，廣播新聞不像平面媒體新聞可以閱讀標題，無法讓人對新聞一目了然，例如臺北街頭運動，在報紙版面可能會列表說明民國50年到60年、60年到70年作一系列的整理，但是在廣播媒體就無法達到這樣的效果。也因其受限於沒有畫面、影片的問題，所以必須要藉助一點「音效」作為輔助，也就是自然聲的營造。

雖然廣播礙於無法用畫面、照片、表格、標題等來作為輔助，但其實也有其優點，例如在電視節目中，提到「亙古時代……」時，就必須錄製一段具有時空意義的影片或是畫面；但是在廣播的呈現手法，則較為簡單，只要使用音效就可以讓聽眾擁有時空更迭之感。

第六，廣播的深度報導必須靠記者的說話魅力來突顯廣播的特性，與平面媒體比較，廣播必須呈現出鮮明的層次感以及清楚的邏輯，好讓觀眾能夠持續進行的收聽，必須要給聽眾「隨時聽隨時懂」的感受。所以廣播深度報導與其他媒體所呈現的不同之處，就是在於區隔，也可以說是區位的不同。在文字的鋪陳下，用字比報紙或是電視更為淺顯易懂，不要有太過複雜的邏輯，以免聽眾突然收聽會有聽不懂的問題，文字邏輯儘量淺顯明白。所以廣播在深度報導的呈現上，其本身的不足可以藉助於聲音來作為輔助的工具，至於其他的影響因素可能還包括記者本身的說話魅力。

二、電視深度報導的技術困難

主張電視新聞報導不適合進行深度報導的說法，其主要理由不外是「電視沒辦法用太多的文字與聲音來深入探討新聞的意義」。事實上，這是對深度報導的誤解，電視不同於報紙的地方是其表達深度的方式不一樣，平面媒體以文字來表達深度，而電子媒體卻不需要以文字來表達深度，或以長時間的報導才能顯示深度，而是以聲音和畫面來顯示深度。

電視新聞深度報導不同於平面媒體的報導，在新聞的製作有下列諸多困難存在：

1.平面媒體深度報導可以做成文字資料，能透過各種管道再搜尋出資料，而電視新聞深度報導則無法做到這點，完全是以影音的形象存在。

2.電視新聞深度報導採訪、蒐集困難，其因在於受訪者都必須要露面或出聲音表達出自己的意見，而許多受訪者都不願意曝光，因此需克服受訪者的心防。

3.聲光效果的呈現便包括了如標題、字幕、配音、剪接技巧，以及現場模擬或是戲劇呈現等……。其中最受人爭議的便是所謂的現場模擬和戲劇呈現，為了讓觀眾能有所瞭解以現場模擬的方式呈現，但卻又不能變成教導犯罪，這就是記者在處理新聞時困難之所在。

4.電視新聞製作有時候會呈現邏輯上的製作困難。所謂的邏輯上的困難是指記者有可能會出現「雙重邏輯」的情況，電視記者具有良好的寫作技巧，但卻不知如何將畫面呈現的吸引人，又能讓觀眾容易理解，尤其是對一位經驗不足的新記者，此一問題更是成為深度報導製作上的困難。

肆、電視深度報導的使用技巧

電視具有平面媒體所沒有的「聲音」與「畫面」的特質，因此，電視深度報導就必須善用這二項特質來呈現電視新聞的深度（杜駿飛、胡翼青，2001）。

一、充分利用畫面呈現深度

人最敏銳的感官是眼睛，人在成長過程中有許多知識和經驗直接來自於眼睛的觀察，視覺的訊息常常是最直覺的、最具內涵的訊息，而且在視覺訊息向語言思維的轉換過程中，能夠引起人們在情感和認知上的聯想。因，好的畫面所呈現的意義並不需要文字或聲音的敘述，更不需要花費太多的時間去解說，就能達到深度意義的表達。

南非一位電視記者進行當地飢荒的深度報導時，拍攝到一隻禿鷹在一個餓得垂死的小女孩身後虎視眈眈的畫面，給了觀眾強烈的感受。它是遠遠超越對事件做出簡單的再現，它能告訴人們更多和更深刻的內涵。

在電視深度報導中，畫面本身就體現了深度報導的深度性，與畫面相比，語言與文字都無法像畫面一樣由閱聽人自行解讀的精確與多元的文本意義。一些文字或語言都難以精確表達的新聞事實，畫面卻能讓人心領神會，這是電視深度報導的特色，也是電視深度報導的優勢。

二、利用畫面與聲音組合達到結構深度

電視新聞是聲音與畫面的組合，而不同的聲音與畫面的組合會產生報導的深度，因此，有經驗的電視記者在進行電視新聞剪接時，會針對新聞的理解與深刻體會進行畫面剪接，轉換成有意義的畫面與畫面銜接的意義結構，引導電視機前的受眾去思考、體會電視新聞的深度意義。

電視畫面的組合是將各種背景資料、深度訪談、受眾的感受交互的結合在一個個緊湊的結構中，使報導更深入、更深刻。

電視的媒介特性決定了電視文本的寫作特徵，電視新聞的深度報導的結構通常是跳躍性的，是畫面的剪接結果，好的電視新聞深度報導是建立在聲音與畫面的完美結合上。

伍、廣播、電視深度新聞選題

廣播電視與平面媒體特性不同，因此，在深度報導的選題上亦有所不同，廣播、電視深度報導題目的選擇大致可分為「介紹性」及「探討性」兩方向。前者大多以社會現象為切入點，事件具有知性及感性，例如：北宜公路隧道完工，大家目

光焦點可能著重於這是個偉大又艱困的工程，卻忽略了那些幕後的無名英雄。他們可能長年泡在積水的工作隧道裡，導致香港腳、皮膚病等，此外，在工程中因意外喪命的86位勇士們，背後的心酸內幕，將會是讓人有深刻體會及感動的報導，而這也是介紹性報導的最大特色：情境上的抒寫，透過主觀的寫作，大量的描繪、譬喻等，呈現出別人不知道、想知道的和能打動人心的報導。至於後者，是屬於有爭議性，有對錯的，才去做探討。譬如：學校在上學期還未結束，就開放同學選修下學期的課程，這樣的做法好或不好？都可以做一探討性的深度報導。

探討性深度報導，則須先確定客觀的題目，也就是說替不支持的論點尋找證據，例如：某一雜誌要由周刊改成月刊所引起的爭論，在訪談對象的選擇上，就要注意不能一昧的選擇維護現狀支持的人，而是要讓對方發言、說話，或許是經費不夠亦或是學校打壓等因素。當問題確定客觀後，將問題呈現出來，訪問廣泛的相關人士，做一個交融的寫作，主觀的對問題做一個詮釋與建議，最後製造對大眾的迴響，並再針對自己為問題下的建議與詮釋去訪問相關的人士。讓閱聽人不只能瞭解新聞的整體情況，也可以對新聞事件有更深一層的省思。

不論電視或廣播，要成為一篇好的深度報導，首先當然必須先有一個引人興趣的題目。一般而言，可從以下三點著手，訂定出一個好的深度報導題目：

深度報導

一、自己布的線

透過平時採訪時所布的線，得知值得發掘採訪的題材。所謂的線，可能是自己過去採訪過的對象，而一直和對方保持友好關係且有持續聯絡，如果有好的題材，對方便會主動提供。而這也是記者布線的一個功力。

二、發生過新聞的追蹤

每天的新聞都是蜻蜓點水般，短短一、二分鐘，過了就過了，但其實認真觀察，是很能夠從其中找到好的題材的。例如：某路段發生重大車禍，而該路段過去也曾發生過其他車禍，這時候就可繼續追蹤，是道路設計問題還是其他原因引起的，這也考驗記者對新聞議題的敏感度。

三、廣泛的閱讀其他的題材

多閱讀不同型態媒體的報導，也可提供好的新聞議題。這並不是所謂的抄襲，而是由於媒體特性的不同，透過不同媒體的報導，所以即使是相同題目，但在呈現或是報導的重心上多會有所不同，特別是在一些人物故事的新聞題材。

其實每一個新聞事件都可以做深度報導，要看從哪些角度著手進行討論，事情皆有因果關係。但仍需注意您做出的深度報導是否能帶給大家警惕或省思，才是最重要的。例如：新聞報導民眾跳樓新聞，其背後原因是可以去探求的。是經濟不好導致？家庭因素？這樣的社會將會如何？這些都是可以進一步去探討的。但題目的擬定不要太廣，切入的主題以深、向下紮根深入瞭解為主，從點、線、面延伸，環環相扣將更具吸引力，並有了深度報導的效果。

美國電視節目「60分鐘」節目的製作者丹・休尹特曾說過，好故事的標準是「晚上播出的深度報導是第二天人們的話題。」「新聞業和娛樂業有一條很微妙的界線，訣竅是你的腳尖碰到這條線，但不要跨越這條線。離線太遠，你會失去觀眾，離線太近，你會失去良知。」深度報導不必然要排斥趣味、娛樂和衝突，但要注意新聞的專業意理與倫理。

第二節　廣播、電視深度報導採訪

深度報導簡單說就是對問題製造專題，將問題觸角延伸至所有可能的線索上，加以抽絲剝繭，研判誰是誰非，再針對正確的線索作深度的採訪及報導。呈現的方式如上述所說，以表達故事性的結構為主，畢竟所寫的報導，並不像一般新聞那樣的公式化。

壹、廣播、電視深度報導採訪前的準備

深度報導的資料蒐集，在多方相關的訪談內容取捨上，往往考量的新聞切入點，就是別人不知道、別人想知道、能打動人心的事，緊抓著這個原則，不管是做介紹性的深度報導或是探討性的深度報導，都能帶入讀者進到所關心的範圍內，告訴

讀者重要的事實、相關的緣故，以及豐富的背景資料。

一個好的深度報導取決於記者懂得多少。電視深度報導的資料蒐集分為影音及文字兩部分。一般來說，文字資料的蒐集較為簡單。像是可以透過網路、圖書、報社資料庫、自家檔案庫，以及自己蒐集的剪報。蒐集途徑較多，所能蒐集到的資料也較豐富。但關於影片上的資料可能就要下一番苦工。例如：我們要做有關「消失的北海岸」要如何去呈現？直接拿過去與現在的畫面同時並列，以對比的方式呈現，直接讓觀眾看，這比千言萬語更有效。這點，在歷史比較悠久的電視臺會比較吃香。

記者採訪前的準備功課很重要，是否研讀事件相關資料與對受訪者背景的瞭解，對採訪問題做沙盤模擬，想妥要深入的重點。對受訪對象，訪問前一定要蒐集相關的資料，平常更要多吸收資訊，資訊當然不只是最新的，一些過去的歷史等，也要有所瞭解。例如：採訪前總統陳水扁，首先你一定要知道2004年的總統選舉及與他息息相關的新聞。受訪者將是你加強深度報導的重要關鍵。受訪者的呈述也將作為你深度報導中的例證。

貳、廣播、電視深度報導採訪注意事項

廣播、電視深度報導的採訪過程涉及聲音畫面的擷取，甚至有時採訪過程都會成為報導的一部分，所以廣播、電視深度報導的採訪比平面媒體複雜，同時要思考的面向會比較多，要

做好廣電媒體深度報導的採訪工作，有幾件事是要注意的：

一、正確掌握議題

採訪的時間大概都不長，要在既有的時間切入核心，並清楚知道要訪問哪些人？因為會影響到你如何進行一篇深度報導。採訪時切記不要偏離主題，要先將問題擬定好。當受訪者偏題，在適當時間切斷，問下一個問題，以免訪談結束未問到你要的重點。

二、找出受訪者價值所在

必須事先找出受訪者的價值所在，幫助他在訪談時能夠更自由的發揮，這也就是記者在預訪中可以先下的功夫。在訪談過程最重要的一點，記者必須要不斷的抽絲剝繭，設法讓受訪者自己說出故事來。

對於受訪者的選擇，首先是以新聞事件當事人、相關的當事人，特別是涉及到利益衝突矛盾的不同群體。受訪者最好有較好的語文表達能力，因為廣播、電視需要聲音與畫面，表達能力不好會影響到新聞的品質，同時選擇一些能夠配合廣播、電視特性的當事人接受採訪，因為有些人平常講話還可以，接受採訪會緊張，產生暈鏡頭與暈話筒的情況，這都會影響採訪的進行。

三、引導受訪者釐清問題

在訪問的過程中，必須事先瞭解受訪者的經驗。受訪者的回答都各有不同，有些受訪者很厲害，你丟給他一個問題，它可以有頭有理的一一作回答；而有些受訪者則是千頭萬緒，說了一大堆卻理不出個頭緒來。所以這時候記者必須做「引導」的工作，幫助受訪者釐清自己說話的盲點。

四、隨時改正報導方向

做深度報導的過程中，大部分都會遇到一個相同的問題，記者往往已為報導最終結果先行作出結論，其實是不對的做法。在訪談的過程中，很可能各方的說法與自己原先想的有很大的出入，這時必須follow，必須改正報導的方向，而不該自己預設結論，讓受訪者說出你所預定的回答。

五、找對人做對的事

電子媒體與平面媒體最大的不同就是多了畫面的呈現，所以文字記者與攝影記者的默契最為重要。而記者本身可以做的兩大工作為找到最能提供有新聞性消息的受訪者以及正確的場景。如果擁有了「對」的受訪者以及正確的場景，這個專題將會吸引觀眾想要去瞭解整個故事的發展。舉個例來說，如果有一名受訪者已經明確指出污染物在哪裡，而這個畫面的呈現最好的方法就是將受訪者帶到現場去指出真正的污染源，這樣的方式遠遠勝過於畫面停留在受訪者坐在辦公室裡面接受採訪要來的精采許多。又例如要說明這條河川的水很髒，捕捉到小朋友想盡各種辦法來撈球的畫面，以及撿到球當時覺得噁心的表情，都會比用嘴巴說這條河川有多髒要來得有說服力，因為採訪到「對」的人就是手中握有最有力的證據。

將受訪者帶到現場採訪是一件很重要的事，在報導河川污染時，受訪者一看見這條河川而呈現那個急切表達污染物來源的神情，將會有很大的說服力，包括環保官員的表態以及現場的每一個人、每一刻，都被捕捉到畫面裡頭了，所有的畫面都是真實的，因為不可能請受訪者在重來一遍剛剛那個表情，有了這些因素就可以成為一個「有感覺」的新聞。而這些受訪者或是場景都是記者可以主動去設計好問題以及畫面呈現，再去將這一則「有感覺」的新聞帶給大家。

六、針對特點與細節做訪問

廣播、電視一般的新聞產製與深度報導的產製是有所不同的，一般的新聞報導可能只針對當事人（who）做報導，但深度報導則會找尋一些直接與間接之關係人。在時間（when）上，一般報導著重在發生新聞的「當時」，深度報導還要追溯「過去」和揣測「未來」；在事件（what）上，一般報導只要報導事實，深度報導卻對事件的「特點」和「細節」，必須一一深究；在地點（where）上，一般報導以新聞的「發生地」為主，但在深度報導中，對「延伸」和「波及」的地點，都不可漏掉。並探討原因（why），無論是事件的近因、旁因或遠因。例如：問為什麼會想不開要自殺？你覺得社會讓你感到絕望？你不怕家人傷心？你放得下身邊的人嗎？沒有想過還有別的方法可循？等問題。在新聞發生的過程（how）上，一般報導只注意已發生的情況，而深度報導要弄明白近期的後果，和將來長遠的做法。

此外，記者需要有放眼天下的國際觀、追問問題的膽識、秉持平衡報導、堅定善念阻絕當傳聲筒之利用等基本功，便可為一名能力實力兼具且剛正不阿的好記者，這也是現今新聞道德淪喪最缺乏的要素之一；如果新聞人個個能做好守門人角色，為受眾把關新聞的好與壞，當受眾接觸良性優質新聞的最後一道防線，那麼怎可能再聽到別人用「扒糞者」來形容我們新聞人呢？

第三節 廣播、電視深度報導呈現

廣播、電視媒體和平面媒體有著不同的寫作結構與呈現方式，由於加入了聲音、畫面，所以廣電媒體在寫作與呈現上更具變化性與複雜度。

壹、廣播、電視深度寫作技巧

廣播、電視深度報導的寫作過程中，寫作則謹守圍繞問題、集中焦點的準則。訪問對象愈廣，所得到的訊息就愈完整、愈充分，並透過各種不同的角度分析，解釋事件的反應、看法、意見與意義。而寫作時也要切記，勿偏離主題模糊焦點，例如外傭遭男主人性侵害事件的深度報導，切入點就須以被害人本身的心理層面及性侵害事件去多做瞭解，而不是再擴大去探討外傭月薪多少、如何引進手續等題外問題，不但對事件的分析毫無作用，也容易讓自己在寫作上混亂了方向。

此外，廣播、電視深度報導在報導的寫作上有三項部分須注意，第一：情境上的書寫。透過描繪製造背景的情境，必要時，可直接引述當事者所說的話，純真表達當事者的意思。第二：重建現場。以故事化的筆法，將受訪者的意見、說法，作為佐證中心焦點的背景，可能包含了數據、人物、例子，藉故事性的特點，軟化冗長的報導，並支持或反對主題部分的中心思想。第三：過程客觀、寫作主觀。將調查後的事件，用主觀的筆法加上形容詞善加譬喻，完整的告訴讀者調查內容，不過須在整個過程都是客觀的角度下，來做闡述。

對於內容的呈現上要注意，除了報導事件外，還要告知閱聽眾為什麼？事件成因為何？有的時候，或許你報導的事件是有趣的，畫面也非常生動，但其中的過程沒有交代，會讓人不瞭解其中的深度在哪，而流於只是一般新聞的蜻蜓點水。報導了事件及過程後，是否有解決的方法？不能只把問題呈現而無改善之道。不管負責的主管機關在一時之間是否能立刻提出解決辦法，我們仍必須去詢問，或至少也要讓觀眾知道，這個主管機關竟然沒有答案，也算是盡到媒體監督的責任，而不是說報導完就沒了下文，因為一篇深度報導著重的就是其影響力。注意到以上的重點，就較能避免將深度報導作成廣度報導。

貳、廣播、電視深度的呈現

由於電視新聞深度報導有著某些技術上的困難，而使得有

深度報導

人認為電視新聞不太適合「深度報導」，尤其是需要長時間的「深度報導」，在電視新聞製作上可能會太冗長而缺乏市場，因此有人建議這種需要長時間的電視新聞深度報導最好是以「專輯」或「新聞節目」呈現較恰當，事實上，這些報導技巧問題都可以克服的。

一、電視深度呈現技巧

1.深度報導的聲音與畫面

電視利用畫面與旁白的搭配來呈現。例如：要做臺灣族群融合的題目。可以拍攝捷運列車上，搭乘捷運的有日本人、美國人、菲律賓人等。其實臺灣的族群融合已經在日常生活中發生。這樣的畫面加上口白，閱聽人就能清楚接收資訊。更要注意的是，電視畫面本身就顯現出了深度報導的深度性，一個簡單強烈的畫面將比文字、語言的敘述來得容易瞭解，更使人印象深刻。

利用電視與聲音的組合，將具有新聞意義與深刻體會轉換成有意義的畫面，這樣的畫面銜接結構，能引導閱聽人去思考、體認新聞的深度意義。電視的深度報導是建立在聲音與畫面的完美結合，如此才是成功的電視深度報導。

2.攝影在深度報導上的重要

一個好的畫面勝過一百句的OS。與其用語言解釋，不如直接讓觀眾看到事實是如何。或是受訪者充滿震撼力的一句話，那種感動度是很高的。例如：採訪跳舞症患者，與其隨便拍拍人物就發稿，而以另類的角度思考，拍跳舞症患者的倒影，一個人很孤獨的走著，再配上感動的旁白「他也不知道該何去何從……」，這種影音共同呈現所發揮的影響力是更能夠震撼人心的。

而電視報導以影音畫面的呈現，閱聽眾較其他媒體更多、更廣一點，較其他媒體更能吸引閱聽眾主動提供新聞消息，節目影響力也較大，所以攝影在掌握畫面上是非常重要的，必須要能勾勒出具有震撼力的鏡頭，或是發人深省的畫面。也就是說，一個電視深度報導記者，必須在一開始採訪時就有一個完整的畫面構想，清楚的知道自己想要呈現的內容是什麼，再和攝影記者溝通，如此一來才有辦法呈現出完美的電視深度報導。

3.深度報導要注意故事的「鋪陳」

做深度報導最重要的事情就是要有說故事比賽的能力，手中握有精采的受訪內容及畫面卻不知如何呈現，成績就會反應在最現實的收視率上。而故事要如何說的動聽、吸引人，就是整個故事要有起承轉合，即是要有「衝突性」，又製造一些小驚喜讓觀眾繼續往下看，不斷要思考劇情發展的流動的那條線。

採訪回來以後，我會將所有的畫面都全部看過一次，然後把我所認為是高潮，可以帶給觀眾驚喜的地方全部輸入到電腦裡，再將這些高潮加以排序。再把一些小驚喜擺在最前方，中間再穿插一個大驚喜，隨著劇情發展流動，不斷製造驚喜給觀眾。

所謂的高潮有哪裡，大致上有這三種分類。第一種為最具價值的訪問內容，第二種為觀眾會一直盯著看的畫面，第三種為具有戲劇性小故事。把所有畫面看過一次的用意是利用與觀眾的同理心將好的畫面擷取下來，再者，在對話中加入一些小幽默，可以增加專題的可看性。

在目前午間或晚間，也就是一般的DAYLY NEWS的新聞時段中，電視較少有篇幅去做深度報導，因為受限於時間。真正要在DAYLY NEWS中看到深度報導，多半會以系列報導的方式呈現，將主題切割成許多小單元，再分好幾天連續播出。另外，也有另闢一專門節目來做深度報導的單元，像是「華視新聞雜誌」就屬其中。以節目的方式呈現，時間上較在DAYLY NEWS中充裕，通常可以有八至九分鐘的時間，不將內容分段而一次完整的報導出來，也較具整體性。

因此，電視新聞深度報導如果需要較長時間來呈現內容時，可以使用系列報導的方式來呈現，擅用時間的分類，每天一個切面，不是直接將一個大餅給你，而是把大餅切成四分之一、五分之一，每天一個局部的深度來報導新聞，兜起來之後就能成為一個很完整的系列、完整的深度報導，也是一個很好的呈現方式。

電視深度報導的製作，可以從某一角度做評論，再提出一些反省，但在反省與思考之前，不同想法、意見、立場、經驗、族群的聲音都要真實呈現出來，如此才可謂是一篇完整的深度報導。

二、廣播深度的呈現技巧

廣播深度新聞的製作，本著純淨報導五W一H的報導內容，展現深度報導特性。在限定時間內（九十秒），將新聞事件詳實交代除了當事人以外直接與間接的關係人；時間上推演過去與未來的發展；過程的詳盡經過擴展將來；由原事發地點放射延伸其他點；強調事件連續性發生的前因後果與引發的旁因等；再加上原新聞及其事件相關特點與細節。

做廣播的深度專題報導，有三點技巧：

第一，記者的描述的功力很重要：因為沒有電視畫面的輔助，聽眾只能透過聲音來瞭解新聞議題；而有看過畫面會比用聽的，較有深刻的印象，且比較容易瞭解。所以記者對現場的描述需非常清楚，才可使聽眾感同身受。

第二，資料的整理要很有系統：須事先想過要呈現什麼給聽眾，做事前的準備，整理好資料才能使聽眾能夠清楚的瞭解到新聞議題的重點。

第三，記者要深入瞭解，設定一個主題。需找和時事相關的議題，才會使聽眾聽了比較有感覺。有時候也要隨節日做一些比較實用、有趣的專題報導。

參、廣播、電視深度報導的結構

廣播、電視深度報導是新聞性、故事性、評論性相結合的一種報導方式，既強調新聞事實的敘事，也強調新聞的論證，不只注意新聞的情節、矛盾的鋪陳與渲染，更透過新聞現象看本質，因此，在結構上，廣播、電視深度報導結構兼顧了敘事體與論證體的特性，而《華爾街日報》更綜合這二種報導結構形成華爾街式的報導結構。（羅哲宇，2004:136-177）

一、敘事式结構

敘事是在時間流程中記錄事件的過程，而事件過程中是否按照事件的自然時間順序講述還是重新安排時序，是由作者決定的，因此，法國學者熱拉爾・熱奈特（Gerard Genette）說，敘事體事實上是敘述者和時間進行的遊戲，敘事結構最符合廣播、電視特點，因為廣播、電視是線性的傳播，這種時序結構最符合閱聽人的認知規律，人們認識事物的前因後果也都是循著事物發生的順序去瞭解。

二、論證式结構

論證體結構是報導中以證據來證明論點的過程，廣播、電視深度報導中，經常以大量的新聞事實素材、背景素材、言論素材為論據，以事實間的邏輯關係組織新聞素材，最終在證明記者對事實的判斷，這時候的報導方式就不會是敘事體，而是用論證體常用的素材組成方式進行論證。

論證結構的論證模式可分為二種形式，一種是形式邏輯的論證模式，另一種是辯證邏輯的論證模式。所謂形式邏輯的論證模式是由論題、論據通過論證方法組成，基本的模式是：論題、論據、論證、論題的論證順序，是一種直線型的整體論證結構。辯證邏輯的論證模式是重在辯證地分析問題，論證的模式是：提出問題、分析問題、得出結論。形式邏輯只在追求觀點和素材的靜態統一，而辯證邏輯論證結構是螺旋式的，把肯定和否定的多層次交織在一起來論證。

三、華爾街式結構

這是典型的敘事和論證相結合的深度報導結構，因為《華爾街日報》擅長使用這種結構，所以命名此一報導結構為華爾街報導結構。這種結構的特點是把複雜、抽象、重大的問題與具體的個人或事件聯繫起來，給嚴肅的問題加入人情味的要素，使報導容易理解，還能大大增加報導的吸引力。

華爾街深度報導結構的模式為：從個人的遭遇入手、引出報導的主題、就大的問題展開論述（論述過程中大量使用背景資料）、間接再插入個案的經歷或遭遇、最後得出結論或回歸個人故事。

華爾街式的深度報導結構是強化情感，突出矛盾、交代人物命運，在於突顯大主題，沒有停留在一般的情感、道德層面，落腳於社會運行機制中存在的漏洞，使整篇報導大氣而厚重。

許多人在寫深度報導的時候，都被「深度」二字給嚇住了，與其說是深度報導，不如說是「深入淺出」，如何用最淺顯的文字說一件很難的事，就如同做電視節目，都會把觀眾當作國中生來看待，儘量用最淺白的邏輯來鋪陳一件別具新意的事件。其實無論任何媒體的深度報導都是一樣的過程：

1.**必須確立報導目的所在：**必須確立題目，瞭解新聞重點為何。

2.**資源的使用：**找尋資料，作蒐集、整理及歸納。

3.**深入探討：**在確定報導方向之後，開始做深入的剖析，其面向為何？所造成的現象具有何種的意義？

勉勵有志於新聞工作者必須隨時擁有好奇心，必須擁有抽絲剝繭、追根究底的習慣，還有隨時蒐集資訊、資料整理的能力與對重點的掌握。另外，作為一個記者，在深度報導的寫作方面，其實還需要一些「創意」，如何想出與別人不同的觀點與角度，如何去鋪陳故事，在異中求同，同中求異。必須注意不要陷入窠臼，往往在做深度報導時，都做一些別人做過的東西，必須要與別人不一樣，這樣的一篇深度報導才會具有新聞價值。

問題與思考

一、過去電視新聞雜誌的內容多以當周重要新聞為主，但現在的重要新聞常被無線臺當天晚間的談話性節目給消化了，因此新聞雜誌的定位何在？該如何選擇題材與拿捏品質才能吸引閱聽衆？

二、請分析比較廣播與電視在深度報導採寫下的相同點與差異點？

三、廣播節目缺少了畫面，播報時間又不允許過長，廣播節目要如何進行深度報導？

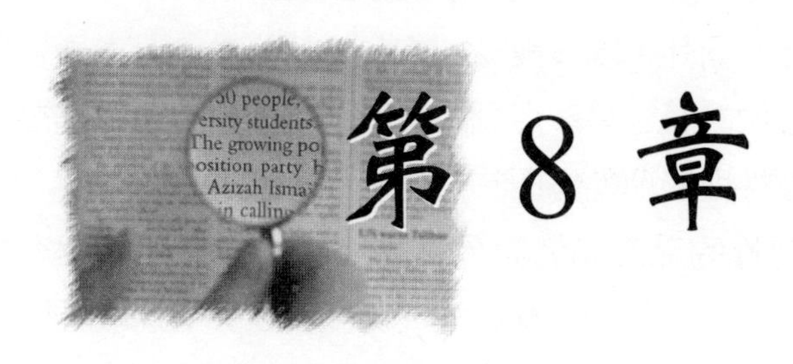

第 8 章

深度報導論文

深度報導論文是指學術界以深度報導形式所撰寫的學位論文，比較學術性深度報導論文撰寫與實務界所進行的「深度報導」，二者之間的差異是，非學術性的深度報導通常是非結構性的蒐集資料，事前沒有經過嚴謹的企劃，對每一位受訪者的訪問也無固定的問題，完全靠經驗，等蒐集到資料後再進行整理，以決定要使用哪些資料做為報導的材料，學術性的深度報導論文從訪談到撰寫都有嚴謹的結構。

就深度報導的訪談而言，新聞報導的深度訪談強調的是事件的新聞點，且新聞點跟時間很有關係，常以新聞事件為深度報導的體裁，而且新聞性的深度報導特別集中在一個非常清楚的目標導向。

以新聞性的深度訪談為例，一般會將這個新聞事件所造成的衝擊來做深度的挖掘。所以它是集中在一個點上，拼命的向那個點挖。而論文形式的深度訪談則應該把點放的大一點，深度訪談盡可能的向外、向多與廣的方向，甚至是自己本身想像不到的方向去做訪談，可以得到的資訊就更多，撰寫者會把訪談背後的知識性與學理性方面的需求擴展的更大一點。

另外新聞性的深度訪談對象與深度報導論文的訪談不大一樣。深度報導論文寫作所採取的「深度訪談」是採取了較科學、也較嚴謹的方法，從訪談對象的選擇、問題的擬訂到訪談的技巧，以及最後的深度報導論文寫作，整個過程均有嚴謹的規則，所得的分析結論也較具代表性與推論性。

深度報導論文結果並非提供給報紙發表，所以他偏重以大量的資料在經過比較後，以學術的角度來探討這些問題。而新聞性的深度訪談當然則偏重於新聞性與新聞點上。

深度報導的論文寫作資料的蒐集方式強調的是科學方法，而這種嚴謹的科學方法所蒐集到資料進行深度報導較具推論性與可信度，分析學術論文的深度報導，一般而言，深度報導論文的資料蒐集會採取深度訪談、焦點團體座談、問卷調查、參與觀察和內容分析等方法進行。

第一節 深度報導論文的訪談

深度報導論文的「深度訪談」也稱為晤談法，它是從事各種研究調查工作所使用的蒐集資料之一種方法。即由研究人員或訪談員，透過面對面交談或訪問的方式，蒐集受訪者對某些問題之看法或意見，做為研究分析基礎的作法。

深度訪談法（Depth interview）與傳統的調查法相較，較能提供敏感性問題的豐富資料及易於接近其他研究方法中受限制的話題（Wimmer & Dominick, 1995）。

深度訪談的目的是為了要從受訪者的觀點，解開在研究領域的困惑和摘錄的問題，所以訪談紀錄的內容較具結構性，尤其是在題目的分類和次序上。此外，深度訪談的內容還要具備追根究底的部分。此部分，受訪者的話及訪談者的話或解釋，都要區隔清楚。在分析訪談資料來源時，詳盡及正確是最基本的原則（鍾倫納，1993）。

壹、深度訪談的類型

深度報導論文寫作前的資料蒐集，深度訪談是很重要的方法。深度訪談一般分為三種：封閉型、半開放型、開放型，也稱結構的、半結構的、非結構的。

一、封閉型訪談

封閉型訪談中，研究者對訪談的走向和步驟起主導作用，按照自己設計好的，具有固定結構的統一問卷進行訪談，研究者對所有受訪者都按照同樣的程序問同樣的問題。這一類型的訪談，是延伸自正式的問卷調查，限定於更為結構化的問題，這種問卷可以設計為個案研究的一部分。這類型的調查應該包含抽樣的程序，以及一般調查中所用的工具，而後也會用類似的方法分析。

二、開放型訪談

與封閉型相反的就是開放型訪談，開放型訪談沒有固定的訪談問題，研究者鼓勵受訪者用自己的語言表達自己的看法。這目的是瞭解受訪者自己認為重要的問題、他們看待問題的角度、他們對意義的解釋、以及他們使用的概念及其表述方式。

開放型訪談最常見的個案研究的訪談，是屬於開放式本質的，我們可以問關鍵回答者有關的事實，或是問回答者對於事件的看法。在一些情境中，甚至可以要求回答者提出他或她自己對於某些事件的深入看法，並利用這些命題做為進一步探究的基礎。

如果回答者不只能提供個案調查者對於事情的深刻瞭解，而且還可以建議一些確實的證據來源，並且開始幫忙調查者接觸這些證據來源，則其角色就越類似「訊息提供者」，而非單純的回答者。

三、半開放型訪談

在半開放型訪談中，研究者對訪談的結構有一定的控制作用，但同時也讓受訪者積極參與。通常研究者事先會準備一個訪談大綱，然後根據自己的研究設計對受訪者提出問題。訪談大綱主要是作一種提示，研究者在提問的同時鼓勵受訪者提出自己的問題，且根據訪談的具體情況對訪談程序和內容作靈活的調整。

深度報導論文中的質性深度訪談多採用開放式問題，即沒有預設答案的問題。當中又分半結構式和結構式的訪談。半結構式訪談的談話內容沒有嚴格限制；研究員會訂下訪談大綱，根據談話的進度適當追問和修正問題。結構式訪談則有具體的訪談問題，但沒有預設的答案格式。由於質性方法的彈性較大，研究過程的信度和效度都很倚重研究員的經驗和對理論的敏感度。新入門的研究員應儘量採用結構式訪談，仔細擬訂訪談問題所用的字眼，以減低經驗不足帶來的種種偏差（例如發問有引導性的問題），確保訪談能有效地進行。

一般來說，量的研究採用封閉型訪談，即以設計問卷方式進行調查蒐集統一的數據進行統計分析。而質的研究初期往往先採用開放型訪談，瞭解受訪者關心的問題和思考問題的方式，然後隨著研究的深入，逐步轉向半開放型訪談，就之前開放型訪談所得知的重要問題及有疑問的部分進行追問。

Powney和Watts（1987）從「誰控制訪問過程」，將深度訪談分成兩大類型，即反應性訪問（respondent interview）和資料提供性訪問（information interview）。反應性訪問是訪者控制整個過程，它多少是結構化的，受研究者意圖的影響，訪問者持有一些待答的問題，以便獲得某些結論。資料提供性訪問的目的在對某一特定情境中的特定個人（或群體）有所感知，往往是非結構化的，研究者視當時情境決定要發問的問題。反應性訪問旨在發問，探討爭論問題，等待答案。資料提供性訪問者建構過程，主導分析，解釋資料和報告。前者通常要大樣本，而後者則以小樣本為主（歐用生，1992）。

貳、深度訪談對象

一般而言，深度訪談受訪對象的選擇應具備以下三個條件（Bogdan & Biklen, 1982）：

一、經驗：在研究主題上具豐富經驗與解決問題的能力。

二、意願：願意提供真實經驗並相互配合。

三、表達：具語言表達能力且所言易被瞭解。

另外，研究者必須對受訪者的個人背景、專業性先儘量瞭解，這樣才能從當事者的角度及處境，去理解事態的發展，並估計當時有哪幾個方向可以走？同時避免自己的價值滲入其中，而影響談品質（鍾倫納，1993）。

深度報導如果已定下研究題材的範圍，接著要決定的是「誰是適當的訪談對象？」「訪談中又應蒐集哪類型資料呢？」一般來說，訪談對象分為「知情者」與「不知情者」兩類：

1.知情者（knowledgeable informants）

知情者泛指對事件或事情有深切瞭解的人士。知情者並不一定是參與活動的人士，但接觸大量綜合資訊，對事件有較宏觀的理解。假設你想瞭解中學生對偶像崇拜的心態，則知情者包括影迷會幹事、明星商品店店主、從事有關研究之學者等等。

2.不知情者（unknowledgeable informants）

對事情並沒有深入接觸與瞭解者，例如對偶像的崇拜，如只是對這類訊息有興趣，但並不深入瞭解者，並不算是知情者。

在選擇訪問對象時，要注意受訪者是否具有代表性，例如要想瞭解中學生對偶像崇拜的心態，則有關母體是中學生，訪問的對象應是具有崇拜偶像的中學生。如果這一類的中學生很多時，就可以採取隨機抽樣的方式，抽出計畫訪問的學生。

質性研究強調概念上的代表性，即樣本是否能充分反映事件的多面性。假設你的研究對象是未婚懷孕的中學生，而你想探討她們面對這處境時做的決定和考慮。在這情形下，你應儘量訪問不同經歷的個案，確保訪談內容有效地覆蓋理論上的型態和種類。

以未婚懷孕的中學生為例，有些女生會選擇把孩子生下來，有些則選擇墮胎。選擇把孩子生下來的可能選擇結婚、做單親媽媽、甚至把孩子送給有興趣收養的人士。她們所作的選擇分為好幾種類型，訪談者如想擴大樣本多面性，其中一個方法便是訪問這些不同個案，把不同的「母親抉擇」分類，進一步追溯成因，以探討事情的「真相」。

其次，亦可就影響「結果」的因素進行探討分析，例如：有哪些女生傾向選擇墮胎？有哪些女生傾向把孩子生下來？男方的意向、雙方與家人的關係、家庭背景等等會否扮演一些重要的角色？研究者可從文獻及初步資料中歸納哪些是重要的因素，然後以此作抽樣原則探討事情真相。

參、深度訪談流程與步驟

深度訪談的優點在於詳細描述事情發生的經過（detailed description of processes），綜合不同觀點（multiple perspectives）以探討言行的背後意義（social meanings）。深度訪談主要有下列功能：

1.對研究的現象獲得一個比較寬廣、整體性的視野，從多重角度對事件的過程進行比較深入、細緻的描述。

2.為研究提供指導，事先瞭解哪些問題可以進一步追問，哪些問題是敏感的問題，需注意小心。

3.幫助研究者與被研究者建立人際關係，使雙方的關係由陌生變成熟悉，互相信任。

4.瞭解受訪者的所思所想，包括他們的價值觀念、情感感受和行為規範。

5.瞭解受訪者過去生活經驗以及他們耳聞目睹的有關事件，並且瞭解他們對於這些事件的意義解釋。

深度訪談之最大效用在於幫助研究者強化研究的實證基礎，以避免流於邏輯推演和空談，它有下列優點：

1.時間而言，深度訪談之特點使受訪者有某種程度的信任和熟悉感，因而得以對問題深入探究，發現許多新問題和好感。

2.訪問較有彈性，而且可因應受訪者之情緒、反應而作適當的調整，以求得觀察之正確性。

3.深度訪談著重互動良好，以避免受訪者和訪問者之間言談產生誤解。

4.深度訪談著重在深入探索及求證，對於研究之論證基礎相當有幫助。

5.訪問者得針對研究需求，隨時調整問題內容與焦點。

至於深度訪談的步驟，克維爾（1996:88）提出了七個主要步驟：

1.**擬訂主題**：將訪談目的，以及欲探討的概念明確化。

2.**設計**：列出達成目標需要經過的過程。

3.**訪談**：進行實際的面訪。

4.**改寫**：將訪談結果的內容建立成訪談文案。

5.**分析**：為蒐集到的資料進行解讀，定出與研究相關的意義。

6.**確證**：檢證這些資料的信度與效度。

7.**報告**：撰寫報告內容，告訴別人在此篇內容中所要呈現的意義。

在訪問前應準備一個訪談大綱，訪談程序如下：

1.簡單解釋訪談的目的。

2.解釋訪問員和受訪者的角色。

3.清晰隱私資料的處理方法。

4.詢問對方是否同意錄音。

5.開始訪談。

肆、深度訪談大綱設計

在正式訪談前，應先就計畫研究探討的主題，擬訂訪談大綱，例如：

題目：年輕人自組樂隊的原因和心態探討。

問題1.你們如何認識？之前有沒有參與另一隊Band？如有，幾點結束？之前Band的類型？自己幾時開始玩音樂？有什麼音樂人影響你們？

* 不要同一時間發問多於一個問題，這只會擾亂受訪者作答。
* 問題帶有引導性，加入了研究員的個人觀點，訪談者應以沒有預設答案的提問方法，讓受訪者自己告訴你發生什麼事。
* 研究員應儘量按事情的先後順序發問，方便受訪者記憶和回答你的問題。例如：研究員可從受訪者第一次參加Band的情形，逐一瞭解過程中重要的經驗和相關的因素。
* 應考慮逐一訪問個別組員。

問題2.你在何時參加Band？是否受以前經歷影響？

* 問題帶有引導性，加入了研究員的個人觀點，假設參加Band必與過往某些特別「經歷」有關。訪談者應發問一些開放式的問題，讓對方用自己的語言分享他們界定為最相關的經驗。

問題3.參加樂隊是否有令你印象深刻的事情？

* 這個問題可豐富我們對當事人界定為重要的東西的理解。

問題4.好多青少年都參加Band，你的看法是什麼？

* 受訪者不能代其他人答這問題；即使要問，亦應只問及受訪者本人。
* 受訪者意識到的原因並非等同事情的「真相」。即使受訪者本人回答了這問題，訪談者仍須再作分析。

伍、深度訪談問題的進行

訪談問題主要分為三大類：1.主要問題（main questions），2.探查問題（probes）（闡明式、發展式），3.發問好問題。

一、主要問題（main questions）

顧名思義，主要問題是與研究題目直接有關的問題，包括研究主題有哪些相關概念？想探討哪些概念之間的關係？應蒐集哪類型的資料去解答這些疑團？以「青少年組隊心態」題目為例，希望能對年輕人「組band」的「心態」和「原因」有更深瞭解，而最適當的探討程序便是從理解活動的本質出發。最基本要知道活動的內容（what is/was going on?）、參與的成員（who is/was participating?）、活動發生的過程（how do/did things happen?）、及何時發生（when do/did things happen?）等等。

例子

* 你第一次組band是何時呢？可否詳細描述事情的始末？
* 你們平均多久會走在一起參與band的有關活動？
* （就相關的活動）對上一次是何時？你能否詳細描述當天的程序？

二、探查問題（probes）

探查問題屬一些清晰資料的問題。在訪談的過程中，當事人會提及一些字眼和事情，亦會選擇性或不自覺地遺漏了一些資料。探查問題便是澄清這些資料的問題，而這類問題可以分為兩種：

1.闡明式探查問題（clarification probes）

要求對方就已提及（或未有提及）的細節和字眼作澄清，確保你明白細節的經過和對方所指的意思。

2.發展式探查問題（elaboration probes）

要求對方進一步描述某些事件和事情的經過和細節。受訪者會在訪談中提供不同的資料，你應就個別事件追問有關細節和處境，以瞭解對方之實際經歷和看法。

例子

* 你多次提及學生樂隊的特質，可否詳細解釋你所指的特質是什麼呢？（闡明式）
* 你提及第一次參與band是1998年，而去年始有機會重

組，三年期間，你是否曾經想過與任何人重組band呢？可否詳述期間的轉變和經過？（闡明式／發展式）

* 你剛才提及去年第一次於學生樂團「出show」的經歷，可否進一步描述你當時的感受呢？（發展式）

三、發問好問題？

訪談者不僅要獲得答案，也要學習如何問問題，訪談時問題之提出要注意下列一些原則：

1.只問相關的問題

2.不要引導受訪者

3.要清晰事情的what, when, who 和 how

4.儘量追問事件的細節（如常規活動（routine activities）、特別事件（special incidents））

5.儘量發問一些受訪者能直接聯想及回答的問題，分析性的問題留待稍後才發問

6.避免觸及容易令人情緒波動的話題

進行問題探查時，以下是一些常用的探查和追問方法：

1.緊接話題續問

接著發生什麼？你能否詳細描述當時情況？

2.追問有關細節

你能否將事件重頭到尾詳述一遍呢？

3.追問事件牽涉的人和組織

當時還有什麼人在場呢？他們當時正做什麼？

4.人際關係和動態

你曾否就這事徵詢其他隊員的意見嗎？

5.當事人的心理反應（情緒、思想、觀感）

你當時覺得怎樣？

陸、深度訪談技巧

一個成功的訪談講求雙方「合作」（collaboration）。研究員必須留意訪談間的互動狀態（interactional dynamics），做好一個聆聽者的角色。由於質性研究的長處是探討圈內人（insiders）對事物的看法，研究員需要確保討論在自然及互信的環境下進行，提供對方訴說自己故事和看法的空間，避免引導受訪者回答問題。深度訪談的訪談員應注意以下幾點：

一、事先充分的準備

對於做深度訪談，基本上有一些共通的原則。譬如：你要做一個深度訪談，那麼當然你事先對於你要做的訪談的人事物做一個事先的準備。這種準備是一個深度訪談中的一個最主要條件。如果不對此事有一個大概的瞭解，或者是一個事前的準備，事實上你不曉得問什麼問題，或者問題的關鍵在哪裡。甚至你不曉得他回答的問題的答案裡面你可以進一步查證什麼事情。所以你對這個事與這個人的來龍去脈與背景應該有一個準備，不管做學術性與新聞性的深度訪談是都需要的。例如問科學家，他們會怕他跟你說了後，你不懂反而把他寫錯了，行家看了會覺得說的不對，由於記者的錯誤造成科學家本身的困擾。所以學術性的深度訪談，妳在訪談知識性學術性的人物時，你得讓他對你有信心。怎麼有信心，當然在聯絡時讓他覺得你是有準備的。

二、禮貌和尊重

訪談員須於兩星期前預約受訪者，好等對方有充分的時間安排與你見面。在見面前的兩天應再聯絡受訪者，確定約見的日期和時間。在訪談當日，應預早抵達約定的場地等候受訪者，在見面的時候再一次多謝對方抽出寶貴的時間和你見面。在訪談後亦應郵寄一張感謝卡以表謝意。

三、適當的話與自然氣氛

訪談前應在致電前的三至五天寄上一封簡單的訪談邀請信，信中應解釋研究的目的和稍後的聯絡方法。在可行的情況下，選擇一個對方熟悉和感到輕鬆舒適的地方作訪談，這樣有助減低對方拘謹的感覺，暢所欲言的表達自己想法。

四、誠懇和謙虛的態度

無論對方合作與否，訪問員必須儘量保持禮貌和謙虛的態度，適當時候承認自己的無知，令對方明白和相信自己是抱著求知之心討教，並無其他動機。訪談過程需要很大的專注力，應在有充分休息的情況下進行訪問。善用身體語言，以示你正用心聆聽，和對受訪者所說的內容深感興趣。

五、善用身體語言（non-verbal communication）

以鼓勵對方談話，和表達自己對談話內容的瞭解。包括保持眼神接觸、間歇性點頭，以示你正用心聆聽，身體微向前傾，以示專注和興趣、適當的沉默，嗯……，以鼓勵對方談話、適當地重複他人所說的話，讓對方知道你在耐心聆聽，及得知你聽到的內容，方便受訪者補充或修正你遺漏或誤解的地方。

六、注意一些小細節

訪談時，有些小細節需要特別注意：1.不要東張西望。2.不要隨便打斷對方講話。3.不要在嘈吵或容易分散注意力的地方作訪問。4.不要重複詢問對方已回答的問題。5.不要加入自己的個人觀點。

在訪談中使用錄音機是記錄訪談時一個必須要處理的問題，是否要使用錄音設備是一個有關個人偏好的問題。跟任何其他方法比起來，使用錄音帶的確更能提供準確的訪談紀錄，不過有一些情況下不應該使用錄音機：

1.受訪者不同意，或是對其存在顯得不自在時。

2.或沒有具體的轉譯或是有系統的聆聽錄音帶內容之計畫時。

3.調查者對於機器設備相當笨拙，以致錄音機會使訪談分心時。

4.研究者認為錄音機能取代整個訪談過程中仔細「傾聽」

的工作。

進行深度訪談時特別注意的是，不要期待受訪者代你解答研究問題。深度報導訪談者的責任是通過訪談蒐集有關的原始資料，然後再作分析。深度訪談受訪者可提供的是有關他們的經驗，和客觀處境的資料訪談者的責任便是重組和分析這些資料，再提出一個較完整的結論。

媒體進行深度報導的採訪，在採訪前不會有一套制式的訪問程序，通常是在採訪時隨機應變，但對於進行學術研究的深度報導論文，進行深度訪談以蒐集資料時，從訪談的問題到選擇訪談對象，都必須有一套合乎邏輯的程序，也只有經過嚴格品質管控的深度訪談資料，才會有分析的價值。

第二節　深度報導焦點團體座談

利用訪談方法蒐集資料又可分成「個別訪談」和「集體訪談」兩種，集體訪談是指一到兩個研究者，同時對一群人進行訪談，透過群體成員相互之間的互動對研究的問題進行探討。「焦點團體座談」是一種最常見的集體訪談的方式，在這種訪談中，訪談的問題通常集中在一個焦點上，這個焦點是一個開放性的問題，研究者組織一群參與者就這個焦點進行討論，而研究者則扮演中介者的角色，其所蒐集到的資料便是這個團體間互動討論的言辭內容為核心。

壹、焦點團體訪談優、缺點

焦點團體訪談的優點有：訪談本身作為研究的對象、對研究問題進行集體性探討、集體建構知識。焦點團體訪談中，參與者被鼓勵相互之間進行交談，而不僅僅是向研究者談話。因此，研究者可以將訪談本身作為研究的對象，透過參與者之間的互動行為來瞭解他們在個別訪談中不會表現出來的行為。此外，研究者可以在一個集體的環境中和參與者一起對研究的問題進行思考，大家透過互相補充，互相糾正，討論的內容往往比個別訪談更具有深度和廣度。最後焦點團體訪談還有個十分重要的功能－集體建構知識，藉由參與者相互之間的激勵和刺激產生新的思想和情感，使得群體成員的認識往前推進，共同建構新的知識。

理查・克魯格（Richard Krueger）指出焦點團體訪談法具有五項優點：

1.團體焦點訪談是屬於社交取向的研究方法，可以掌握社會環境中的現實生活資料。

2.資料蒐集具有彈性。

3.表面效度高。

4.能迅速產生結果。

5.成本低。

但焦點團體訪談也有些缺點，例如團體中不擅表達的人的意見易受埋沒，無法像個別訪談能夠得知這類人的想法。又團體中有強烈領導慾、試圖影響其他成員的人，若其成了一種思維和談話的定勢，會讓有些成員寧可順從主流不表達自己的想法。

理查・克魯格（Richard Krueger）則針對焦點團體訪談方法指出若干缺點：

1.焦點訪談比個人訪談更難受研究者控制。

2.資料難以分析。

3.團體之間的差異可能引發麻煩。

4.主持人必須相當有經驗與具備主持技巧。

5.焦點團體訪談因人數較多，要約在一起訪談較難。

6.必須要有良好環境配合才有助於討論。

貳、焦點團體訪談的採用時機

焦點團體訪談不像實驗法般有嚴格的實驗控制，它是針對某一個話題接受指導討論，例如討論「奈米新產品」，如果廠商想要瞭解消費者的接受程度，以及可能接受的價格，通常以焦點團體訪談方式蒐集資料。又如政府計有一項新的公共政策要實施，想要知道對特定對象實施可能會遇到的反彈，這時亦可以採取焦點團體訪談方式蒐集資料。

美國學者曾用焦點團體訪談法來檢視美國人如何對政治議題賦予特殊的架構，研究學者召集了一項團體集會，在人們跟朋友談論政治的過程，進行第一手的觀察，並將觀察結果賦予意義。

參、焦點團體訪談成功的要素

一個成功的焦點團體訪談應能成功的發揮蒐集資料的特性，Metron（1987）轉引自胡幼慧的《質性研究》認為，一個成功的焦點團體訪談應具備四項要素：

1.**範圍**：即成功的訪談能夠使受訪者對討論的議題刺激出最大範圍的反應。

2.**反應具體化**：即成功的訪談能夠使受訪者的反應說辭呈現具體，而非抽象籠統的說辭。

3.**具有深度**：即能夠協助受訪者深入描述他們對刺激或議題的各種情感、認知以及評價上的意義。

4.**反應個人的情境脈絡**：能夠引發受訪者談出他們以往的經驗特質，以及此特質與現在的反應和意義解釋之間的關聯。

焦點團體訪談較適合用來瞭解看法或意見，而並非個別性的故事，尤其一些敏感性高的問題還是使用個別訪談較為適合。而團體成員需注意最好不是家人或者是有上下屬關係的人，以免因為過多的包袱而無法得知其內心的想法。焦點團體訪談其特點可以補足個別訪談的缺失，若能和個別訪談一起使用就可以達到最大的用處。

肆、實施焦點訪談的要訣

為了使焦點團體訪談能順利成功，胡幼慧（1996）提出了三項建議：

第一，不要有固定的訪談次序

為了激發較多較深的反應，訪談過程要鼓勵「即興式」及「意料外」的反應，讓受訪者有機會去互動、表達與詮釋和發揮意見，但要注意一些與主題無關的討論，主持者應有效的將討論導入相關議題。

第二，非結構、半結構式的訪談大綱

訪談大綱或指引所包含的非結構與半結構的問題設計，主要是在引導受訪者討論。一般而言，在訪談初期多以非結構式的問題來控制場面，以確保研究者的興趣獲得重視。

第三，主持討論的藝術

有效的訪談以保持「自然順暢」為原則：

1.為了達到訪談的深度，最好不要急著探索不同層面的議題。

2.為了達到訪談的廣度，應在座談之前先檢視各種可能的反應，及各層次間的關係，使之納入訪談大綱中，以便在訪談中，可以檢查這些視角，避免遺漏。

3.為達到具體化效果，討論內容應儘量朝向實際生活情境，及對特有情境的特有反應來探索。

4.一個有效的訪談，不應只在認知、評價層面深入，還應深入到情感（affect）與情緒層面。

5.為了進一層瞭解個人的反應，其先前的態度、價值、經驗等個人情境脈絡的探索是相當重要的。

伍、焦點團體訪談資料分析

焦點團體訪談的資料分析大略可分為二種：1.質化結語式的直接分析，2.系統登錄資料的內容分析。

研究者利用上述分析策略時，可以再反覆檢視資料，進一步發展出「比較」的架構，並挑選出最後的論點。其過程是先發展假設、資料分析與歸類、選引用句表達、進行比較分析及導出結論。

第三節 深度報導問卷調查法

問卷調查是一種發掘事實現況的研究方式，最大的目的是蒐集、累積某一目標族群的各項科學教育屬性的基本資料，可分為描述性研究及分析性研究兩大類。問卷法最大的優點為節省人力、樣本較大、與成本較低；但其主要缺點則為回收率低，以致可能影響樣本的代表性，同時無法對問題作相當深入的瞭解，採用問卷法時，應特別注意抽樣技術的應用。

在決定是否採用問卷法作為研究工具，應考量是否能順利達成研究目標以及注意研究樣本在問卷上的配合度，另外，問卷調查也有其優缺點，檢視其特性配合研究主題，方能達成其目標。

問卷調查的實施過程可分為七個過程：

1.確定擬研究的問題。

2.蒐集相關文獻。

3.詳細開列擬調查和探究問題細節。

4.確立研究的理論架構或基本概念架構。

5.設計研究過程和研究工具。

6.實施問卷調查。

7.處理分析和解釋資料。

在七個過程中，尤需注意的是問卷目的、內容、題目、格式的設計等。其他如何提高問卷的回收率，也是應考慮的項目之一。

問卷調查是以科學的研究方法所進行的研究，民調問卷調查的進行有一套嚴謹的辦法，問卷調查的進行過程主要的幾項步驟：1.擬訂研究問題，2.問卷的設計，3.抽樣，4.進行問卷調查，5.資料分析與解釋。

壹、擬訂研究問題（Question Sorting）

民意調查首先要確定研究的主題是什麼，才能擬訂問題進行調查，達到調查的目的，例如：選舉時會有政黨想瞭解選民對該黨的支持度，而候選人也想瞭解他在選民中的支持度，這些資料都可以做為修正選舉策略時的參考，在確立研究的目的後，才能進行問卷的擬訂。

貳、問卷的設計（Questionnaire Design）

因研究性質的類型或目的的不同，問卷的類型可分成許多類，每一種類的設計又有不少的差別。最普通的方法為兩大類：

一、無結構型問卷

是指結構較鬆散或較少的問卷，並非真的完全沒有結構。這種形式多半用在深度訪問的場合，被訪人數較少，不必將資料量化，卻又必須向有關人士問差不多相同的問題，對於被訪人來說，可以與前一位被訪人的回答相同，也可以完全不同，非常自由。可是訪員為了控制問題的內容與方向，就不能不預先準備一些問題。這些問題，可以寫在紙上，也可以留在記憶裡在對每個被訪人提出相同的說法，但不由他們自己圈選。這點與一般問卷極不相同。

二、結構型問卷

又可分為兩種，一種以圖畫指示回答方式，一種以文字指示回答的方式。後者因回答方式的差異，可再分為限制式問卷與開放式問卷。圖畫問卷用於知識程度較低的樣本為適宜，受訪者只要按照圖畫的指示就可回答，不識字也能做正確的選擇。像這樣的問卷，受測者很容易就可以找到他的答案，減輕館員不少困擾。一般結構型問卷是指根據假設需要，把所有問題全部列出來，受測者只要依照自己的想法，每題圈選其中一個答案，或者偶爾填上一、兩句話，就算了事。而限制式的即是受訪者不能隨意回答，必須按照研究者的設計，在預先編制的答案中圈選。而開放式的問卷則不限制受測者如何回答，受測者可以在問題的範圍內說出結果。

問卷設計必須盡可能達到周密的程度，設計人要遵循理論與假設提出問題，從各種角度，務使受測者根據事實與真實回答，無從做假或不願做假。這當然是一種理想，究竟能做到什麼地步，事先是不易預料的。不過，這也不是毫無辦法的事，除了可以做效度與信度檢定外，還可以藉參與、觀察、訪問來解釋若干疑難。

歸納而言，通常在設計問卷時，要特別注意，儘量不要使用專業術語，以免讓民眾看不懂而亂答或拒絕填答問卷。此外，問卷每道題目的遺詞用字應該要淺顯易懂，而且對於問卷中所問的問題要注意是否正確、明顯清楚，不可以模稜兩可，且要符合當初研究假設的需要。此外，也要注意社區的民眾是否有足夠的知識及能力，來填答此份問卷，若居民限於某些因素在填答問卷上有困難的話，可以要以其他方式來進行讀者的研究。

問卷中對問題的設計要注意下列的原則：

1.問卷的字與句（the wording and the question）

(1)問題應該容易被每一個人所瞭解。

(2)問題必須明確清楚，不能有曖昧，避免使用術語或行話。

(3)問題儘量平衡客觀。

(4)受訪者必須瞭解問題的相關性，並有能力提供明確的答案。

2.問題的順序（question oder）

問題的排列會影響受訪者的回答，有一個較好的方法是依字母順序排列。一份好的問卷不會引發訪問者與受訪者間對問題的爭議，過去有許多研究顯示，許多對問卷的回答與事實間有產生一些差距，主要是問卷設計有問題。

參、抽樣的程序（Sampling Procedures）

問卷擬訂完成後，下一步就是進行問卷的調查，而調查的對象是誰，關係到問卷調查的成敗，例如：總統選舉候選人支持度的調查，民意調查機構不可能對數百萬的選民進行問卷調查，而必須採取抽樣的方式進行調查，如何抽樣才有代表性，所做出的結果才不會與實際結果失真，這必須有一套方法。美國某一傳播媒體曾對美國總統選舉時進行大規模的民調，所得到的調查結果與實際的選舉結果差距甚大，經檢討後發覺是抽樣出現問題，因為該份民調的樣本是採汽車駕駛人的車籍資料進行抽樣，而當時美國的汽車並不普遍，且只有有錢人才買車，因此，該份調查結果只是反映出美國有錢人對總統候選人的支持度，而不是大部分美國人對候選人的支持度。

進行抽樣時要注意下列的抽樣程序：

1.找到與研究目的有關的母群體，例如研究的主題是臺北市長選舉，則母群體應是臺北市的合格選民。

2.決定樣本數與解釋理由，例如臺北市長選舉調查，不可能訪問所有的合格選民，因此只能抽取一些樣本進行研究，樣本數應多少？為什麼只抽這些樣本，都必須有合理的解釋。

3.確定抽樣的方法與類型，樣本的抽取有許多方式，有隨機抽樣、系統抽樣、分層隨機抽樣、區域抽樣等，研究者必須依據實際需要決定抽樣的方式。

肆、進行問卷調查（Questionnaire Interviewing）

有了問卷後，接著就是根據抽出的樣本對象進行訪問，訪問的方式有很多種，可以採取親身訪問、郵寄問卷、電話調查等方式進行，這些訪問方式各有其利弊，親身訪問可以面對面談問題，容易取得較完整的資料，不會有問題漏填，也可以較深入瞭解問題核心，但缺點是親自訪問較不容易讓受訪者接受。郵寄問卷優點是進行調查有其方便性，缺點是回收率不高，即使是以贈品方式進行，效果亦是相當有限。電話調查是較普遍被使用的方法，此一調查法有其方便性，但必須在電話普及地方才能用，否則調查結果會失真。

問卷的調查最重要的是訪問部分，因為其他幾項研究步驟，研究者都可以控制研究品質，而問卷是透過訪員進行，如果訪員偷懶或做假，則整份研究報告就泡湯了，過去曾有訪員對於受訪者漏答的問題自行代答，或根本沒有訪問就自己填寫，而這種廢卷卻被當有效卷統計，自然影響問卷調查的準確性。

伍、資料分析與解釋（Analysis and Interpretation）

問卷回收後接著就是要針對資料進行分析解釋，一般而言，調查問卷都在數百份到一千多份，而每一份都各有許多問題，如果用傳統的方法一項項作統計，相當費時，幸好電腦發明後，一些統計軟體也跟著產生，研究者只要將每一份問題答案輸入電腦中，就可以利用電腦中的統計程序在極短的時間內完成統計結果，研究者再根據統計結果進行解釋。例如臺北市長選舉的民意調查，在經過頻率的統計就可以知道有多少人支持陳水扁，支持占受訪者比率多少，並推論陳水扁在臺北市合格選民的支持率，統計時，也可以採取交叉分析方式，統計出陳水扁在臺北市女性選民與男性選民的支持率，或陳水扁支持者的選民結構等。

陸、結果分析（Presenting the Results）

資料統計出來後，再經過研究者的分析便可寫出兩份研究報告，這就是問卷調查報告，深度報導論文如果以問卷調查做為報導的素材，那麼，在問卷調查出來後，最好再增加深度訪談法，讓深度報導論文更有深度，因為問卷調查的結果通常只是告訴我們有關問題的現象，而不能回答問題的原因，所以最好再增加深度訪談法。

第四節　深度報導的觀察法

什麼是觀察法呢？簡單地說，就是觀察受研究者！不過，通常我們得先決定要觀察哪些受研究者、在什麼地方觀察地方等，再將觀察結果記錄下來。

觀察分為兩種，一種是日常生活的觀察，這種觀察沒有任何目的，是人的本能活動，人一出生開始就不斷的作觀察的動作。另外一種是科學研究手法的觀察，這種觀察是有目的、有計畫的活動。科學研究的觀察又分為實驗室觀察和實地觀察，質的研究中的觀察泛指實地觀察，而實地觀察又分為參與觀察與非參與觀察。

其實，觀察法可以依參與程度分為參與式觀察法和非參與式的觀察去。非參與式的觀察法是指觀察者並沒有融入被觀察者的生活中，參與式的觀察表示，觀察者在實地觀察時，其身分就如同被觀察者一樣。也就是說，參與式觀察，觀察者不旦表明自己的身分，還與觀察者互動，非參與觀察法則正好相反。

學者Lindema則將觀察者分為兩種：一種是客觀的觀察者（objective observer）；另一種是參與觀察者（participant observer），Lindeman的前者，乃指觀察者透過訪談，由外在研究文化；後者則指觀察者透過實地觀察，由內部研究文化。

壹、參與觀察的概念

參與觀察的特徵主要是研究者同時扮演觀察者和參與者的雙重角色。在此情形下，觀察者不被視為局外人，因此得以維持觀察情境的自然，可減低觀察者在情境中的干擾，並可避免被觀察者不必要的防衛，以獲得比較真實的資料。

鍾倫納（1997）曾指出「參與觀察法」，就是要求研究者投身自然環境，從整體的脈絡和當事人的角度，去理解事象或行動對個人及整體的意義。

文化研究者Malinoski（1961）在Trobriand Island的實地研究中，及以參與觀察方法來研究該島民的生活，形塑自成一格的人類學知識之後，參與觀察法似乎就成為人類學獨特的研究方式。

不同於古典派的觀察，學者Lofland和Loflond特別聲明，儘管參與觀察和密集式的訪談，二者相互依存性很高，但是二者之間仍然有顯著的差異。Lofland和Loflond給參與觀察的定義是，參與觀察是實地觀察（field observation）或直接觀察（direct observation），研究者（或調查者）為了對一個團體有所謂的科學瞭解（scientific understanding），而在那個團體內建立、維持多面向和長期的關係，以利研究的過程。

Loflands強調，研究者在那個團體出席不是唯一目的，卻是最低條件之一。針對密集式的訪談，Loflands則解釋，它並非像結構試的訪談，是種導引性的交談，目的在從交談者豐富、詳盡的資料中可以萃取分析的素材。而學者Werner和

Schoeplfe則以為觀察結果不可以充分反應文化，觀察結果必須經過訪談，而且經過內部參與者的訪談驗證方才有效。

參與觀察是由人類組織世界的方式中，抽出他／她建構真實的方法。就如學者Jorgensen所主張的，凡具有下列特質者，都可以稱為參與觀察，例如：內部者的觀點（insider's viewpoint）、開放式的求知過程（an open-ended process inquiry）、一種深度個案的研究法（an in-depth case study approach）、研究者直接參與訊息者的生活（the researcher's direct involvement in informant's lives）以及直接觀察為蒐集資料的方法（direct observation as a primary data-gathering device）。

參與觀察中，觀察者與被觀察者一起生活、工作，在密切的相互接觸和直接體驗中傾聽和觀看被觀察者的言行。這種觀察的情境比較自然，觀察者不僅能對當地的社會文化的現象得到比較具體的認識，而且可以深入到被觀察者文化的內部，瞭解他們對自己行為意義的解釋。

而非參與觀察不要求研究者直接進入被觀察者的日常活動中，觀察者通常置身於被觀察的世界之外，作為旁觀者瞭解事情的發展動態。

貳、適合參與觀察的情境

何時適合採用參與觀察法，Bogdewic（1992）認為，任何研究需要瞭解過程、事件、關係、社會環境的背景脈絡時，就選擇參與觀察法。學者指出，參與觀察適合以下的情境：

1.當一些社會現象（如同性戀、吸毒、監獄生活）很少被人所知時可以採用參與觀察法。
2.研究者需要瞭解有關事情的連續性、關聯性以及背景脈絡時。
3.研究者看到的事實與當事人描述有明顯差異時。
4.研究者需要對社會現象進行深入個案調查，而時間又允許作參與觀察時。
5.對不能夠或不需要進行語言交流的研究對象時。
6.研究者希望發現新觀點，建構自己的紮根理論時。
7.其他方法的輔助方法。

參、參與觀察存在的問題

參與觀察所需處理的主要問題是其所造成的潛在偏見：

1.調查者比較沒有辦法像一個外部觀察者般進行研究，有時候他的身分或者擁護者的角色，可能跟良好的科學慣例的要求有衝突。
2.參與觀察者很可能跟著順從一個普遍的現象，並且成為所研究之群體或組織的支持者，就算目前他並未特別支持該群體。
3.參與者的角色很可能就是需要比觀察者的角色花更多的心力，因此參與觀察者可能無法像一位好的觀察者一樣，有足夠的時間做筆記，或是對事件從不同的觀點提出問題。

進行任何參與觀察研究的時候，必須要認真地考慮這些機會和問題問的取捨。在某些情況下，用這個方法蒐集個案研究證據可能是正確的，而在其他的情況下，則可能會威脅整個個案研究計畫的信譽。

肆、觀察法實施的步驟

依據主題，決定採參與觀察法時，就必須依步驟進行觀察：1.決定研究場域；2.進入研究場域；3.建立良好關係；4.實地觀察；5.實地觀察和深度訪談的記錄過程。

例如想瞭解讀者的圖書館使用情形，則研究地點為圖書館，若想瞭解居民的書店使用行為，則研究地點為書店等。建立良好關係是指參與式觀察，因為能否蒐集到資料，完全視能否取得被觀察者的信任，因此，建立關係是參與觀察法成功的主要關鍵。

伍、觀察結果之記錄

在觀察過程中將一切過程完整的記錄下來是相當重要的事，如果可能，應在觀察的同時就記錄觀察的結果，如果有困難，也應該在事後儘快的做下筆記。

實地觀察工作記錄可以包含幾個部分，我們也可以由六方面來記錄：

1.誰：包括誰在場？有什麼特徵？他們的角色是什麼？

2.**什麼：**包括發生什麼事？被觀察者說什麼？做什麼？又表現什麼？

3.**何時：**包括某些行動何時發生？持續多久？

4.**何地：**包括行動發生的地點在哪？為什麼在這個地點發生？該地點的特質？

5.**爲什麼：**包括為什麼發生？事情發生的原因？

6.**如何：**包括事情如何發生？有什麼特殊的地方？

在記錄觀察結果，有一些事情是值得注意的：（Earl Babbie, 1998，李美華等譯）

1.記錄觀察結果與詮釋

記錄的內容應包含經驗觀察的結果，以及研究者對觀察結果的詮釋。例如：記錄x君對團體領袖提出反對意見時，你「認為」x君可能掌握團體領導地位傾向，或你「認為」你聽領導者回應這個反對意見所做的評論。

2.事先做觀察記錄格式

事先準備記錄格式會使記錄工作更順利。例如觀察違規行人的研究中，事先製作行人的年齡、性別、社會階級等，將會使觀察記錄更容易進行。

3.分階段記錄觀察結果

不要太相信自己的記憶力，愈快記錄，觀察結果愈好，分段做筆記是好習慣，第一階段先做簡略的記錄，接著抽空進行詳細筆記，而簡略筆記可以幫助記取大部分詳細的觀察結果。

4.觀察記錄愈詳細愈好

觀察記錄愈詳細愈好，雖然所記錄的觀察結果，有些是不重要的，但你很難在事前就判斷哪些重要或不重要，而記錄的95%以上的內容，可能最後都用不上，但所使用的5%的觀察結果卻是從100%的內容中精煉出來的，就如同每噸金礦只能提煉30克黃金的道理是一樣的。

觀察法中的記錄是一件耗時又麻煩的事，我們也不得不承認所有的觀察或多或少是經過選擇的過程，因，謹慎、縝密的記錄是有其必要的，Lofland and Lofand（1995）對觀察記錄提供了一些有效的建議：

1.具體、明確的描述所觀察到的行為和事件，剛開始時避免嘗試任何的評論。

2.將觀察的資料做不同形式或層級的分類；第一層的資料為詳細的逐字稿，觀察後在最短時間內記錄。第二層資料包括對話分段、回想某些不確定的觀察內容。這部分有助於研究者對觀察的事件有更清晰的推論，這些推論可記錄在分析備忘錄。第三層是抽象化的概念；如發展概念、產生理論，從原始觀察資料中釐出，此層次是在建構有意義的解釋性架構之後形成抽象化的概念。

3.記錄對自己的觀察：主要的目的有二：第一是作為發洩的途徑，第二是從中檢視個人原有的偏見，並尋找出合適的方式加以管理。

4.觀察前充分準備：觀察與記錄的時間通常是一比六，即觀察一小時需要六小時才能完成記錄，所以不要在沒有準備的情況下進行觀察。

觀察法最重要的是強迫自己去記錄，以確保不會錯過任何資料，而研究者在經過一段時間的記錄後，就可能自行發展出一套屬於自己的記錄方式，藉以呈現重點與豐富的觀察內容。

第五節 深度報導內容分析法

內容分析是從事社會、人文科學研究的科學方法，係應用統計法則，研究人們所說、所寫的內容是什麼。韋伯（Robert P. Weber）說，內容分析係運用一套程序，從內容作有效的推論，內容分析的主要功能是創造文化指標，藉以描述信念、價值、意識形態或其他文化體系狀態。

壹、內容分析法特色

內容分析法運用開始於18世紀的瑞典，1930年代隨著宣傳分析和傳播研究的發展，蔚然而興，迄今七十年來，已成為傳播學術與其他學術社會科學重要的研究方法之一。

華波爾和貝樂生（Waples and Berelson, 1941）認為，內容分析是系統的分析，試圖將不夠明確的描述賦予定義，藉以客觀地顯示閱聽人刺激的本質及其說服力。

賴滋和蒲爾（Leites and Pool, 1942）認為，內容分析要滿足下列要求：

1.探討符號在造句上的特點，或是在語詞通俗。

2.探討這些特點出現的頻率，至為精確，甚至於將頻率賦以數值，毫釐不差。

3.描述這些特點，必須語詞通俗。

4.以社會科學一般命題的語詞，描述這特點。

5.用語詞描述符號特性，必須刻劃極為精確。

肯布南（Kaplan, 1943）認為，內容分析者旨在對文章內容，以系統類目，予以定量分類，系統類目之設計，旨在產生適合該內容特殊假設的資料。

貝樂生綜合學者的觀點，將內容分析的定義歸納為六個特色：

1.只適用於社會科學的概念。

2.主要適用於決定傳播影響。

3.主要適用於語言的造句法和語意層面。

4.客觀性。

5.系統性。

6.定量性。

貝樂生強調內容分析是針對傳播的明顯內容，作客觀、系統、定量的描述。而客觀、系統、和定量的描述在1952年以後，許多學者都持相同的看法，柯林吉於1979年對內容分析的看法是：內容分析是測量變項，或完成其他研究的目的，以系統、客觀和定量方式，研究和分析傳播內容的方法。傳播內容指的是各種文獻，包括為研究目的而審慎推出的現存文獻、書刊、信件等（Kerlinger, 1983）。

貳、內容分析的優點

內容分析是一種研究技術，可據以從資料做出可複製而有效的推論及於背景意涵，就研究工具而言，內容分析是處理資料的專門化過程，就如其他研究法在方法論上，內容分析旨在透過有系統的資料分析達到提供知識，表明事實及發掘真實。

巴比（Babbie, 1986）認為內容分析法有經濟、安全、超越時空、和非親身訪查等優點。經濟即省時間、金錢；安全是指從事內容分析不必爬山涉水，重複檢證輕而易舉；超越時空是指資料不受時空限制。

事實上，內容分析法最主要的二個特點是；第一、非親身訪查技術；內容分析允許調查者依照自己選擧的時間和地點，觀察傳播者發出的公共訊息。第二、便於處理資料；內容分析能處理非結構性、符號形式、和卷帙浩繁等資料。

參、內容分析法之使用

內容分析的使用主要在於下列幾種情況：

1.檢視傳播內容本質

(1)描述傳播內容的趨勢。

(2)追溯學術發展的軌跡。

(3)揭示各國傳播內容的不同。

(4)比較傳播媒介處理論題的層次與內涵。

(5)依據既定標準，審核傳播內容。

(6)建構傳播媒介應履行的標準。

(7)協助技術性研究之運作。

2.探究內容表達的形式

(1)揭示宣傳技術。

(2)衡量傳播內容的可讀性。

(3)發現體裁特徵。

3.分析傳播來源的特質

(1)鑑識傳播者的特徵。

(2)測定個人和團體的心理狀態。

4.蠡測閱聽人的特性

(1)鑑定團體與人物的形象。

(2)反映群體的態度、興趣、價值和文化類型。

(3)提供犯罪證據。

(4)獲取政治及軍事情報。

5.驗證傳播內容效果

(1)揭示注意焦點。

(2)描述傳播對態度和行為的影響。

(3)比較媒介內容與真實世界。

(4)建立媒介效果研究起點。

肆、內容分析的研究設計

柯林吉（Kerlinger, 1964）認為科學研究是針對自然現象之間假定關係的假設，從事系統的、控制的、實證的、批判的調查，而內容分析是觀察人類行為的科學方法，因此，必須以科學研究精神，輔以科學研究假設進行。

克里本多夫（Krippendorff）將內容分析的研究設計分成九個步驟，這九個步驟如下表：

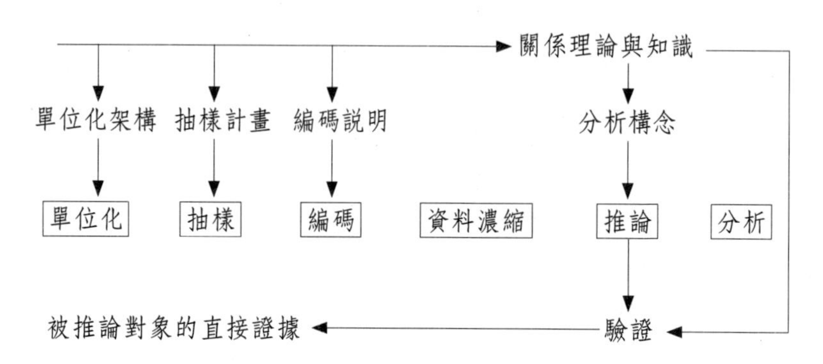

資料來源：Klaus Krippendorff(1980)

韋謨和多明尼克（Wimmer and Dominck,1983）則將內容分析的研究分成十個步驟，這十個步驟是；

1.形成研究問題或假設；

2.界定母群體；

3.抽取樣本；

4.建構類目；

5.界定分析單位；

6.建立量化系統；

7.執行預測，建立信度；

8.依照定義，將內容編碼；

9.分析資料；

10.下結論（解釋與推論）。

伍、內容分析應注意之問題

就方法論中以蒐集資料的方式來區分量化與質化研究方法，內容分析是屬於量化的研究方法，進行內容分析設計時，採取統計法則，研究設計中最重要的步驟之一是建立量化系統的步驟，進行資料的分析與預測。

1.類目建構的客觀性問題

內容分析研究設計上，研究者在建構類目系統以前，會羼入自己的價值觀念，而不是依據內容性質賦予應用的價值體系。如果研究者小心翼翼避免上述缺點而慎選類目系統，類目系統似乎不夠普遍化，容易扭曲研究目的，於是內容分析的結果是建構另外一種內容，已悖離本來的本質。

內容出現的次數不是探求意義與顯著性的唯一方法，字裡行間的涵義自有其重要性。然而偏偏這類涵義又是難以捉摸，例如：形象塑造類目中有關「標榜本身條件」類目，哪些條件應列入就是一個困擾，又如名人推薦，學校老師算不算名人等，都必須靠主觀判斷，這也是內容分析受到質疑的地方。

2.抽樣方便而影響內容本質

內容分析通常涉及龐大的資料，研究者研究的範圍必須採取抽樣方式縮小，在抽樣時常會考慮分析上的方便而進行抽樣，分析結果可能涉及到不能彰顯內容本質的問題，例如在對報紙廣告分析時，競選廣告通常只集中在《中國時報》與《聯合報》二家，有些《臺灣日報》、《新生報》和新聞報就相當少，這些報紙在抽樣時就為了蒐集資料方便而予以捨棄。

內容分析法進行抽樣時，研究者若只貪圖方便，擬定的分析單位和計算次數與內容要旨的分配不符合，也違背閱聽人接觸內容行為的基本原則，於是所得結果不能彰顯內容本來的本質。

3.編碼者訓練與否的困擾

編碼是相當困擾的問題，編碼員常會因認知的差異而形成編碼的困擾，當編碼員在歸類產生疑問時，為了避免不當的歸類而影響分析，通常在歸類前就加以訓練，說明什麼是打擊特權？什麼是感性訴求？

什麼是情理訴求？訓練時不免舉例，結果也可能影響到歸類結果。

社會科學實證研究原本存在不少與信度有關的問題，而內容的表面意義或許總是表面的，不能代表本質。可是，內容分析法似乎都假設只要對編碼者施以訓練，即可袪除觀察上的誤差，使判讀內容趨於一致性，然而觀察上的歧異似乎是一般讀者都會有的現象，內容分析者忽略了這種現象，一味要求判讀內容的一致性，使內容分析的應用範圍非常狹隘，不切實際。

如果不對編碼員施以訓練，類目單位的定義又沒有共識，隨編碼員自行體認，於是同樣的內容因不同人員的判讀而有差異，也是不合科學方法，所以這種情形似乎面臨兩難情境。

4.歸類上顯示客觀更具彈性

內容分析的界限事實上是頗有彈性的，許多變異都能容忍在基本的架構上，信度的要求要愈放寬，引進有益於解釋的類目或變項就愈容易，可是卻愈不客觀，也愈為含糊。這種情形在處理價值體系、主旨、情境、體裁、和解釋架構上更是如此。

目前有不少內容分析呈現出不同的信度階層，有些針對分析單位的主題資料堅持一定的原則，有些則在歸類體裁、方向、和一般性主旨，相當有彈性。從這個角度來看，內容分析實證研究還是保持系統的、定量的、描述的，但顯然已漸漸違背貝樂生所標榜的旨意，而趨向不只關心內容，同時是客觀上已更具彈性。

第六節　深度報導論文寫作

深度報導論文寫作過程就如同一個人對有興趣的事物進行探索，在進入有與趣的研究領域中，以觀察、問卷調查、文獻蒐集、訪談等方式蒐集各類資訊，進行分析解釋而獲得有意義的結論，讓那些不熟悉這個文化情景的讀者分享作者所要呈現的意義，對寫深度報導論文的研究者而言，研究報告的寫作就是一種轉譯與分享瞭解的過程。深度報導論文的寫作並沒有一成不變的格式，但卻有學術研究應呈現的要求，這些要求也就形成了深度報導論文的主要寫作架構。

對照「實務界」的深度報導寫作與「學術界」的深度報導

論文寫作的差異，首先存在的是閱聽眾的不同，新聞的深度報導的閱聽人是一群社會普羅大眾，新聞性的深度報導強調的是雅俗共賞，引起共鳴，寫作風格注重可讀性與親近性。但論文形式的深度報導，閱讀者則是一些學有專精的高知識份子，可能是學術論文的口試委員、期刊編輯和一些參與學術討論會的人員，這種學術性的深度報導論文常包含了一些理論，強調的是研究內容是否提供創新的觀點或有重要的學術發現。因此，對於深度報導論文的撰寫，寫作者思考的是內容的嚴謹性與創新性，強調內容是否具有學術價值。

論文形式的深度報導不同於新聞性的深度報導，主要是論文性的深度報導有著其特有的學術品質要求，而這些學術規範形成報導主題的特殊化與閱讀者的窄化，一篇論文性的深度導如果不經過詞句的修飾與結構的安排，可能會成為艱澀難懂的學術論文，難為社會閱聽大眾所接受。

但也有一些深度報導論文由於其一般化的寫作技巧，不但是一篇具有學術價值的論文，同時發表於報章雜誌，成為頗具可讀性的深度導文章，例如一篇以親身觀察法進行撰寫的「援交女郎心路歷程」的研究報告就普受一般大眾的興趣。Eliot Liebow所著的《泰利街角》（Talley's Corner, 1967），以描述居於華盛頓的非洲裔美國人的日常生活，成為一本廣受讀者喜歡的學術著作。

壹、深度報導論文的難題

撰寫深度報導論文通常會面臨五項難以抉擇的問題：（Padgett, 2000）

1.**時間點的問題**：寫作的時間點究竟是選擇連續性的縱貫面時間點，還是橫斷面的時間點，此一時間點的選擇通常會視研究目的而定，如果是趨勢性的研究，通常會採連續性的時間點研究，否則多會採橫斷面的研究。

2.**內在觀點與外在觀點的呈現**：對於事實的敘述是採第三人稱的外在觀點還是第一人稱的內在觀點，各有其利弊，較理想的組合是同時採納內在與外在觀點，在譯碼與分析時同時呈現研究對象的內在觀點，也同時呈現研究者詮譯的外在觀點。

3.**數字的使用**：通常對文本的詮釋會有較大的說服力，但有些深度報導的文本所呈現的只是較少數的觀察對象或訪問對象，十個受訪者有八個具有相同的傾向，在呈現數字時使用「80%的受訪者都傾向於」的字眼會很奇怪，且很難有推論性，如果放棄此一具有意義的數字又很可惜，因此，在使用這些小樣本的數據時，可以採用「多數受訪者」或「少數受訪者」以代替數字的呈現。

貳、深度報導論文撰寫風格

平實的寫作風格是需要多花時間練習，有人認為應從小說、詩、與戲劇中學習，以有別於社會科學的說明性風格，事實上，深度報導並沒有正確的標準形式，成功的深度報導是有韻律的，從選取資料編織成完美無瑕的研究主題和說明，形塑主題的意義。成功的深度報導應是以平實的風格來撰寫，而有許多種寫作風格是可以達到此一目的。例如；

1.**揭露式的寫作**：所謂揭露式的寫作是在反駁一些大家習以為常的概念，或挑戰讀者熟悉的現象，提出新的思考方式。例如Carol Stack（1974）記錄非洲貧窮婦女如何發揮生命力與善用社會資源，以挑戰「黑人家庭是問題家庭的病理學觀點」。

2.**譏諷式寫作**：即對照一般觀念與實際觀察到的觀念差異，例如政客高喊家庭價值卻私下虐待他的妻子。

3.**批判式寫作**：人類的行為是複雜多變的，採取批判性的推理有助於消除神祕的面紗，尋找到事件的意義。

4.**隱喻式寫作**：隱喻是修辭上的方法，就像在文字上塗上顏色，隱喻性的寫作具有啟發性，能提供各種想像來引導我們以新的方式看待事情。例如研究乳癌婦人身上有六顆腫瘤，以「我有一座花園長在我的乳房上」來描述。

參、深度報導論文寫作注意事項

深度報導論文寫作不同於一般新聞的深度報導寫作，它有一些寫作需要注意的事項：

1.避免使用術語

平實的寫作風格要注意的是避免使用「術語」，若必須使用術語時，應向讀者說明其意，文本內容在寫作時應多摘錄一些小故事與敘述，為讀者增添一些趣味。

2.資料使用要能捨才能得

通常在寫深度報導必須有一個切入點，你有這麼多的資料，最容易出現的困難就是「被淹沒在資料裡」，因為你愈問愈多，後來你不知道該怎麼下手。所以你先要知道整個的主軸是什麼，然後用這些資料慢慢來支撐你。必須有一個主軸的方向，靠這些你的訪談的訊息把他描繪出來、支撐起來。有些時候，太多資料最大的困難不是怎麼用而是怎麼捨。

要將一篇深度報導寫得好的話，要懂得捨，看到他的精華。只要挑最重要的東西，可以儘量的多，雖然不一定用在裡面，但是在寫深度報導時，有一定的好處。當你對一個人的背景多一些瞭解時，再下筆的時候，他的分寸、他的立場，或是描述他的筆調或是你評斷他的標準會比較又一個分寸，你會用多強的話或是多弱的話來說他這個人，雖然這些資料沒有用，但是卻可以幫助你作為一個下筆的佐證。你可以因為這些資料的佐證，來判斷怎麼寫這個人。雖然你寫出來的只有一部分，可是你用什麼樣的口氣輕重，這與你後面寫出來的東西還是有關係的。

3.遇到爭議，讓資料來說話

在寫較有爭議性的報導時，在資料的選擇上應該要站在中間人的立場，讓兩方來說話。必須要讓兩個人說的話語，在資料呈現上能表現他的立場同時也能顯現他們的個性，這是最好的。讓資料來說話，必須尋找任何相關的資料，任何有發表或是沒發表的東西。

學術性的深度報導，時間較多可以有更多的機會去挖掘，甚至可以找其他的人以補不足有爭議性的地方，讓資料說話，讀者自會評價。

4.結論是給閱聽人下的

深度報導的呈現方式並非是一個裁判官，並不是用一篇深度報導就能給人明確的答案，有時我們必須避免下一個很清楚的結論。因為有時會顯得太過於主觀，過於簡單性的下結論是不好的，不要低估讀者，你不是來當老師讓閱聽人看到你的結論，你是讓他看到事實，也許閱聽人自己可以從裡面得到一些現象，和在你的報導中得到一些想法與觀察和啟發。一個好的結論並非自己主觀上的判定，通常瞭解愈多的人愈會覺得結論難下，反而瞭解少的會主觀的認定是「因為這樣，所以這樣」的草率結論。這樣的結論顯然是低估閱聽人的層次。一個比較好的結論是閱聽人者得到一個啟發，真正的結論是給閱聽人下的。

問題與思考

一、論文形式的深度報導與媒體的深度報導有何區別？

二、請用觀察法設計一份深度報導的論文寫作大綱。

三、請用焦點團體法設計一份深度報導論文寫作大綱。

附錄一　深度報導論文寫作架構參考

論文名稱：走入文學閱讀的密林：新世代文學閱讀現象深度報導

〔論文目次〕

〈引言〉

第一章　前代的閱讀氛圍

第二章　新世代讀者閱讀偏好

第三章　新世代文學閱讀現象

第四章　文學閱讀的好處

附錄一　研究動機

附錄二　文獻回顧

附錄三　研究方法

附錄四　採訪名單

附錄五　參考文獻

■ 論文名稱：新世代僑生，近鄉情怯——海外臺灣學校深度報導

〔論文目次〕

■論文名稱：觀察國軍精實案

〔論文目次〕

第一部分　序論

第一節　研究動機與目的

第二節　研究範圍與研究限制

第三節　文獻回顧

第四節　深度報導與研究方法

第五節　報導架構

第二部分　深度報導—觀察國軍精實案

第一章　精實案的背景

第二章　中原案與精實案

第三章　組織內部的回聲

第四章　結論—迎向軍事事務革命

■論文名稱：深度報導：攝影記者在臺灣——專業路漫漫

〔論文目次〕

第一部分　深度報導：攝影記者在臺灣—專業路漫漫

第一章　攝影記者在臺灣

第二章　從攝影記者的弱勢談起

第三章　專業，是力量的根源

第四章　改革，總有一個起點

■論文名稱：來自東南亞的「新娘」——一個後殖民女性主義觀點的深度報導

〔論文目次〕

楔子
第一章　待價而沽的新娘
第二章　「臺灣女人不願嫁給我」
第三章　「人們眼裡，我們和外傭沒兩樣」
第四章　「沒有先生，我們就不是臺灣人」
第五章　阿莉的第二個春天
第三部分　結論

■論文名稱：「一個分治的中國」？「戒急用忍」、「新三不」與「戰區飛彈防禦（TMD）」的深度報導

〔論文目次〕

論文第一部分（研究方法與文獻探討）
壹　採訪報導的動機與目的
貳　研究方法
參　文獻探討
參考書目

論文第二部分（深度報導）
序曲
第一章　「分治的中國」？
第二章　「戒急用忍」的理論與實務辯證
第三章　「改革開放」後的中國
第四章　後「新三不」的兩岸關係

附錄二 深度報導學位論文摘要

論文名稱	研究生	年度	學校	摘要
走入文學閱讀的密林：新世代文學閱讀現象深度報導	蔡宗樺	94	政大新聞所	這是一篇深度報導，探討新世代文學讀者閱讀的趨勢與偏好。 這篇論文分為兩個部分：第一部分是深度報導內文，主要分為四個章節；第二部分是附錄，包含研究動機、文獻回顧、研究方法、採訪名單、和參考文獻等。
新世代僑生，近鄉情怯——海外臺灣學校深度報導	甘仲豪	94	臺大新研所	本篇論文，以深度報導的模式，探討臺僑子弟回臺接受高等教育的升學概況來進行討論，並以馬來西亞吉隆坡、臺灣學校的甄考生返臺求學的現況出發，進一步循甄生和已通過甄考試在臺就讀大學的學生，概分兩線追蹤其發展，探討海外臺僑升學風潮的成因、現狀與影響。

觀察國軍精實案	丘智賢	92	臺大新研所	本研究探討國軍發展歷程與組織文化，在「精實案」政策成形推動過程中扮演的角色，深度報導以「觀察國軍精實案」為名，希望能夠成為相關研究的一個起點。
深度報導：攝影記者在臺灣—專業路漫漫	許靜怡	91	政大新研所	這是一篇有關臺灣報社攝影記者的深度報導。本報導藉由攝影記者在臺灣媒體環境中的弱勢，凸顯攝影記者專業地位尚未建立的事實。本研究歸納出攝影記者在專業發展上所應具備的特質，並進一步指出發展新聞攝影專業的主要作法。
來自東南亞的「新娘」——一個後殖民女性主義觀點的深度報導	陳麗玉	90	臺大新研所	隨著資本主義的全球化腳步，二十多年來，成千上萬所謂的「外籍新娘」陸續自東南亞來臺，政府的政策和法律的不足或偏頗，塑造一個巧妙的「進口新娘」的結構，限制這些婦女只有維繫婚姻關係一途才能擁有工作權和公民權，而無配套措施防範婚姻暴力、剝削或虐待等情事。這些婦女被視為相對於國族、父權和社會階級等主體意識的他者，因而引發性別、階級和種族的衝突。本文藉由多元文化理論的後殖民女性主義的「抵中心」視角來探討這些問題。

「一個分治的中國」？「戒急用忍」、「新三不」與「戰區飛彈防禦（TMD）」的深度報導	陳祥明	87	臺大新研所	臺灣在後冷戰時期，應積極思索自主之道。從臺灣、中共與美國的戰略三角而言，臺灣應逐步平衡美國因素與中共因素對臺灣的影響，尋求一種趨向平衡的架構，避免過度倒向任何一邊。本研究以深度報導方式，嘗試探討臺灣在此一區域戰略架構中，為自己找到一個新而平衡的定位。

附錄三　臺大新聞研究所「深度報導論文」寫作辦法

■ 宗旨

設立「深度報導論文」的宗旨在於訓練學生在資深記者的引導之下，獨立完成一份大型深度採訪報導作品，藉此培養學生判斷新聞價值，磨練精勤不懈的能力。作品的品質要求應與專業新聞的水準相同，但準備的過程則更重要。本所認為學生在有限的資源及條件下，從嘗試錯誤的學習歷程中，所得的收獲最為可貴，因此作品本身不是唯一衡量的標準。不過，本所也鼓勵同學以發表專書的企圖心來規劃此一深度報導論文。

■ 此一深度報導論文包括下列項目

1.**導言**：即報導主題的重要性，為何選擇此一主題等。

2.研究方法及資料蒐集

(1)報導主題相關文獻或資料的說明，請注意主要名詞的定義，及寫作觀點的說明。

(2)依據何項新聞學原理，或新聞寫作原則，或報導型態

（如調查報導、解釋性報導、精確性報導等，或其他）。

(3)採訪報導進行的程序及方法（如深度訪談方法、參與觀察方法、文獻資料蒐集的方法，或其他）。

(4)採訪對象（新聞來源或樣本）的選擇及其理由。

* (1)、(2)兩項應儘量詳實，字數合計不得少於五千字，應以中文寫作。

3.**作品：**以大型深度採訪報導為限（以一萬五千字以上為原則，中英文皆可）。

* 不包括注釋，如確有必要，以不影響報導可讀性為原則。

4.結論及討論（應包含下列項目）

(1)採訪報導的結果摘要。

(2)本論文的貢獻（如改進新聞報導方式或增進對採訪主題的瞭解）。

(3)論文限制、寫作過程中所遇到的困難、克服困難的方法，及心得檢討。

(4)建議：對未來論文主題或新聞報導的檢討及建議。

* 以上內容應以中文寫作。

* 論文所引材料應註明出處，書目及註解應符合一般學術論文的標準格式。

「深度報導」作品的規定

1.「深度報導」的範圍及長度，無硬性規定，但以不少於一萬五千字為原則。可以中文或英文寫作。

2.應以學生每星期可花費約兩天，共五個月（上學期：11月初至3月底；下學期：5月初至9月底）時間可以完成的規模為考量依據。

3.此一深度報導應達到合於發表的專業要求，但亦不應過於龐大或簡單，應以學生的能力及題目涉及的採訪寫作要求來考量。

4.上學期提出學位考試申請者，應於4月6日完成「深度報導論文」作品；下學期提出學位考試申請者，應於10月1日完成「深度報導論文」作品，並交至所辦公室（不接受手寫稿件）。

附錄四　深度報導參考網站

■ 國內深度報導相關網站

文化一周深度報導　http://jou.pccu.edu.tw/weekly/depth/index.htm

公民新聞網　http://www.peopo.org/peoponews

網易深度報導　http://news.163.com/special/0001126J/shendumore.html

慈濟新聞深度報導　http://www2.tzuchi.org.tw/case/2003sars/news/depth/index.htm

影音深度報導　http://mymedia.yam.com/mykanner

財團法人吳舜文新聞獎助基金會深度報導得獎作品　http://www.vivianwu.org.tw/02-21.php

深度報導「論文天下」網站　http://www.lunwentianxia.com/lwkey_new_17649/

人物：新美國媒體深度報導獎得主蕭茗　http://www.dajiyuan.com/b5/6/11/27/n1535545.htm

深度報導人物故事　http://www.kokai.org.tw/report.htm

深度報導：從唐臺生案爭議檢視性侵害案判決　http://www.jrf.org.tw/mag/mag_02s.asp?SN=705

生計危機，族群解體！ http://921news.yam.org.tw/report/report-t6.htm

臺視新聞深度報導—發現新臺幣 http://www.ttv.com.tw/new-money/

自由電子報．關心臺灣經濟發展系列深度報導 http://www.libertytimes.com.tw/2001/new/mar/31/economy.htm

中央廣播電臺2008總統大選深度報導 http://www.rti.org.tw/big5/topic/2008president/topic_index.aspx

污染現場—追追追 汞污泥深度報導 http://163.22.72.3/t04290/Paper07/109.htm

國外著名新聞報導相關網站

國際記者調查聯盟 www.publicintegrity.org/icij/

調查性報導中心 www.muckraker.org

調查性報導資源 www.netnovinar.org

菲律賓調查新聞中心 www.pcij.org

調查記者與編輯聯盟 www.ire.org

記者網 www.reporter.org

全球調查新聞網絡 www.globalinvestigativejournalism.org

美國財經報導編輯記者聯盟 www.sabew.org

自由論壇 www.freedomforum.org

美國新聞設計協會 www.snd.org

美國新聞博物館官方網 www.newseum.org

美國潘特學院 www.poynter.org

美國傑出新聞項目 www.journalism.org

普利茲獎官方網站　www.pulitzer.org

鵝毛筆網站　http://spj.org/quill/

哥倫比亞新聞學評論　www.cji.org

參考書目

中文參考書目

方怡文、周慶祥編著（2007）。《新聞採訪寫作》。臺北：風雲論壇出版社。

杜駿飛、胡翼青（2001）。《深度報導原理》。北京：新華出版社。

李良榮（2001）。《新聞學概論》。北京：復旦大學出版社。

李美華等譯（1998）。《社會科學研究法》。臺北：時英出版社。

胡幼慧（1996）。《質性研究：理論、方法及本土女性研究實例》。臺北：巨流圖書公司。

周慶祥編著（2001）。《深度報導》。臺北：文化大學新聞系。

徐宗國（1997）。《質性研究概論》。臺北：巨流圖書公司。

程世壽（1991）。《深度報導與新聞思維》。北京：新華出版社。

張志安（2006）。《報導如何深入》。大陸：南方日報。

張英陣等譯（2000）。《質化研究與社會工作》。臺北：洪葉文化事業有公司。

楊志弘（2000）。〈網路新聞的互動選擇：臺灣地區報社、廣播電臺和電視臺設置的網路媒體之內容分析〉《國科會計畫案》。

彭家發（1986）。《小型報刊實務》，臺北：三民書局。

歐用生（1992）。《質的研究》。臺北：師大書苑。

歐陽明（2006）。《深度報導寫作原理》。大陸：武漢大學出版社。

劉明華（1993）。《西方新聞採訪與寫作》。北京：中國人民大學出版社。

羅哲宇（2004）。《廣播電視深度報導》。北京：中國廣播電視出版社。

鍾倫納（1993）。《應用社會科學研究法》。臺北，商務印書館。

■ 英文參考書目

Babbie, (1986) The Practice of Social Reasearch, Belmon, Calif.: Wadsworth Publishing Co. fourth ed.

Bogdan & Biklen (1982). Qualitative research for education: An introduction to theory and method. Bosten, MA: Allyn and Bacon.

Bogdewic, S P. & Miller, W.L. (1992). Participant observation in crabtree. In Bogdewic, S P. & Miller, W.L. (Eds.), Doing qualitative research. Newbury Park: Sage.

Carey, M. A. (1994). The group effect in focus groups: Planning, implementing, and interpreting focus group research. In Morse, J. M. (Ed.), Critical issues in qualitative research methods. London: Sage Publications.

Copple, N. (1964). Depth Reporting: An Approach to Journalism.

Englewood Cliffs, NJ: Prentice-Hall.

DeFleur, Margaret H. and Lucinda D. Davenport (1993)."Computer-Assisted Journalism in Newsrooms vs. Classrooms: A Study in Innovation Lag.", Journalism Educator, Summer, pp.26-36.

Friend, Cecilia (1994). "Daily Newspaper Use of Computers to Analyze Data.", Newspaper Research Journal, Winter, pp.63-71.

Garrison, Bruce (1997)."Online Services, Internet in 1995 Newsrooms.", Newspaper Research Journal, Vol.18, No.3-4, pp.79-93.

Kaplan, A.(1943), "Content Analysis and the Theory of Signs," Philosophy of Science, Vol: 10,pp. 230-247.

Klaus Krippendorff (1980). CONTENT ANALYSIS An Introduction To Its Methodology. London. Beverly Hills

Kerlinger F. N. (1964), Foundations of Behavioral Research. New York: Holt, Rinehart, and Winston.

Klaus Krippendorff (1980) Linguistische Textanalyse. Erich Schmidt Verlag. Berlin 4., durchgesehene und erganzte Auflage 1997.

Krippendorff, K. (1969),"Theories and Analytical Constructs: Introduction," in G. Gervner et al. (eds) The Analysis of Communication Content. New York: John Wiley & Sons.

Lofland and Loflond, L. (1995). Analyzing social setting: A guide to qualitative observation and analysis (3rd ed.). Belmont, CA: Wadsworth.

Malinoski, B. (1961). A diary in the strict sense of the term. New

York: Harcourt Brace.

Neuzil, Mark (1994)."Gambling with Databases: A Comparison of Electronic Searches and Printed Indices.", Deborah K. Padgett (2000)《質性研究與社會工作》。張英陣譯。臺北：紅葉出版社。

Reddick, Randy & Elliot King (1987). The Online Journalist—Using the Internet and Other Electronic Resources. 2nd ed., Los Angeles: Harcourt Brace College.

Richard D. Yoakam, Charles F. Cremer (1985)."ENG: Television and the New Technology," Random House, New York.

Ward, Jean and Kathleen A. Hansen (1991)."Journalist and Librarian Roles,Information Technologies and Newsmaking.", Journalism Quarterly, Fall, pp.491-498.

Ward, Jean, Katheleen A. Hansen and Douglas M. McLeod (1988). "Effects of the Electronic Library on News Reporting Protocols.", Journalism Quarterly, Winter, pp.845-852.

Waples, D., and O. Berelson, (1941), What thhe Voters Were Told: An Eassay in Content Analysis. Graduate Library School, University of Chicago.

國家圖書館出版品預行編目資料

深度報導／周慶祥著. ——初版. ——臺北市：五南, 2009.02
面； 公分.
參考書目：面
ISBN 978-957-11-5506-7（平裝）
1.新聞報導 2.新聞寫作
893 97024955

1ZAT

深度報導

作　　者— 周慶祥（111.4）
發 行 人— 楊榮川
總 編 輯— 龐君豪
主　　編— 陳念祖
責任編輯— 李敏華
封面設計— 鈦色圖文整合行銷工作室
出 版 者— 五南圖書出版股份有限公司
地　　址：106台北市大安區和平東路二段339號4樓
電　　話：(02)2705-5066　　傳　真：(02)2706-6100
網　　址：http://www.wunan.com.tw
電子郵件：wunan@wunan.com.tw
劃撥帳號：01068953
戶　　名：五南圖書出版股份有限公司
台中市駐區辦公室/台中市中區中山路6號
電　　話：(04)2223-0891　　傳　真：(04)2223-3549
高雄市駐區辦公室/高雄市新興區中山一路290號
電　　話：(07)2358-702　　傳　真：(07)2350-236
法律顧問　元貞聯合法律事務所　張澤平律師
出版日期　2009年2月初版一刷
定　　價　新臺幣320元

凝煉知識 品味閱讀

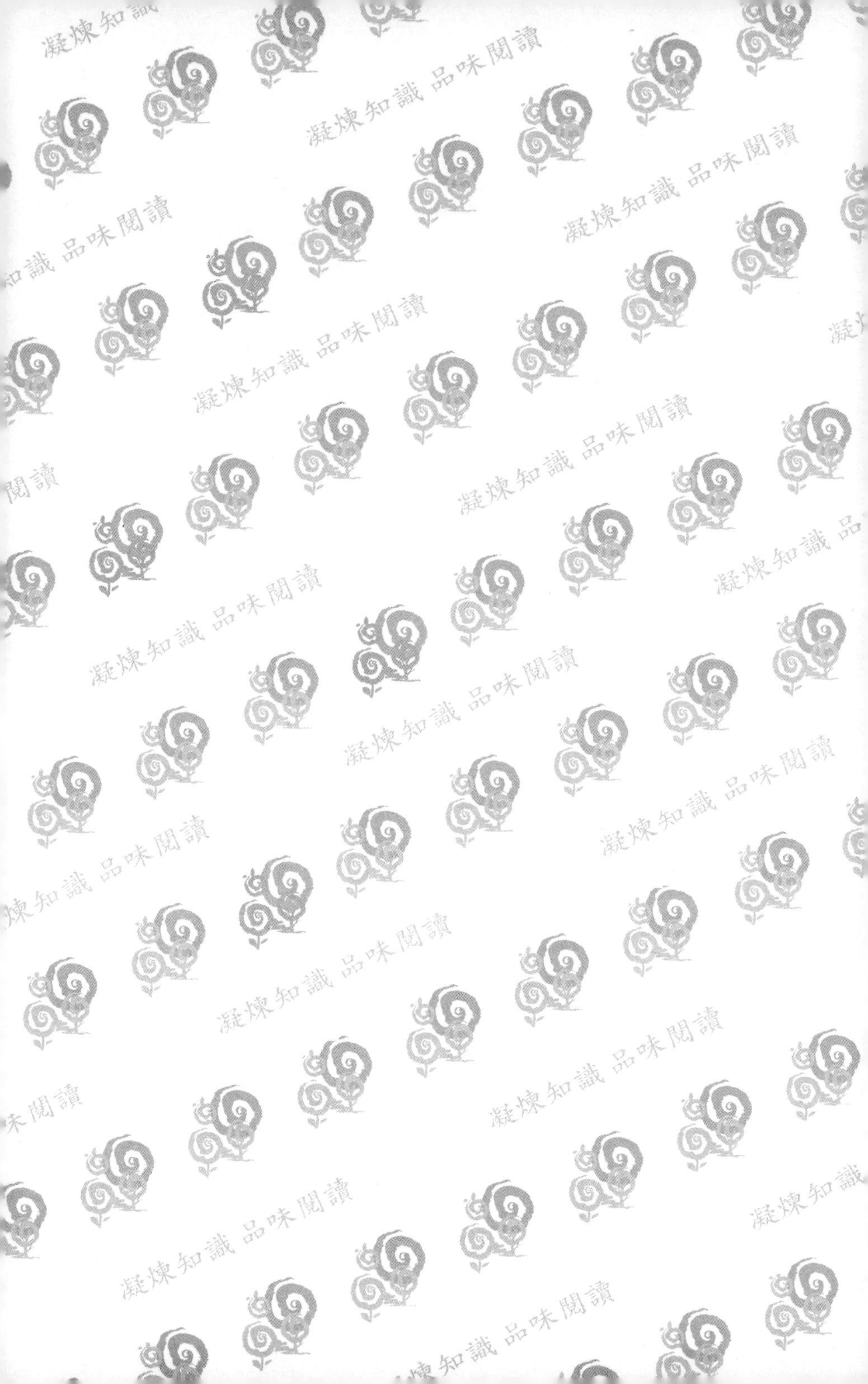